ALUÍSIO AZEVEDO

MATTOS, MALTA OU MATTA

ROMANCE AO CORRER DA PENA

Coleção
GRANDES CLÁSSICOS DA LÍNGUA PORTUGUESA
VOLUME 8

BRASILIARIS

Editor-chefe:
Tomaz Adour

Capa:
Spirit

Revisão:
Equipe Vermelho Marinho

Diagramação:
Marcelo Amado

Texto revisado segundo o novo Acordo Ortográfico da Língua Portuguesa.

Dados Internacionais de Catalogação na Publicação (CIP)
Fabio Osmar de Oliveira Maciel – CRB-7 6284

A994m

Azevedo, Aluísio, 1857-1913
Mattos, Malta ou Matta: romance ao correr da pena / Aluísio Azevedo. – 1. ed. – Rio de Janeiro : Brasiliaris, 2023.
78 p. ; 21 cm. – (Grandes clássicos da língua portuguesa ; v. 8).

ISBN 978-65-86082-90-6

1. Romance brasileiro. I. Título.

689-060-23 CDD : 869.93

Índice para catálogo sistemático:
1. Romance : Literatura brasileira 869.93

EDITORA VERMELHO MARINHO USINA DE LETRAS LTDA
Rio de Janeiro — Departamento Editorial:
Avenida Gilka Machado, 315 — bloco 2 — casa 6
Recreio dos Bandeirantes — Rio de Janeiro — RJ
CEP: 22795-570

VERMELHO MARINHO
www.editoravermelhomarinho.com.br

SUMÁRIO

APRESENTAÇÃO

O selo Brasiliaris é uma iniciativa da Editora Vermelho Marinho com a Spirit, que tem como objetivo resgatar todas as obras clássicas da literatura brasileira que estejam em domínio público. Independente do autor ou da época em que escreveu, a coleção pretende publicar todas as obras de todos os autores que estejam disponíveis para publicação ou digitalização.

É um trabalho de longo prazo, pois citando apenas alguns autores muito conhecidos, como Machado de Assis, José de Alencar e Joaquim Manuel de Macedo, descobrimos que eles têm uma obra muito extensa, incluindo romances, contos, novelas, poemas e textos teatrais, fora artigos em ensaios. E muitas dessas obras não se encontravam mais no mercado. Até agora.

Tomaz Adour, o editor da coleção, já vem fazendo este trabalho de resgate há mais de 10 anos, conseguindo trazer de volta ao mercado autores do porte de uma Júlia Lopes de Almeida, A. G. Teixeira e Souza, Paulo Setúbal, Coelho Neto, Francisca Júlia, Bruno Seabra, Carmen Dolores, Martins Pena, João do Rio, Coelho Neto, Chrysanthème, entre tantos outros que lançou na Coleção Grandes Clássicos.

Com o apoio da Spirit e sua experiência em design aliada à sua paixão pelos livros, estes e outros autores irão ganhar roupagem nova, com edições especiais com orelhas, edições especiais em capa dura, além de ebooks a preços acessíveis para todos os leitores.

Este projeto ambicioso é uma forma de levar ao público tudo de bom que foi produzido em nossa literatura, permitindo que os leitores tenham acesso não apenas às obras mais famosas dos principais autores, mas também a obras que estão fora do mercado há décadas ou mesmo séculos. Com isso, um leitor que se apaixonar por um livro de um autor poderá conhecer toda a sua obra.

É um trabalho de garimpagem. Temos mais de 10.000 obras a serem publicadas e estamos atrás de obras perdidas, esquecidas ou que possuem poucas cópias em bibliotecas ou coleções particulares. Por isso, todo apoio é bem-vindo. Cada leitor ou amante de livros que deseje sugerir ou indicar uma obra receberá os créditos e será um colaborador da coleção. Acreditamos que, desta forma, obras perdidas ou com cópias desgastadas poderão ser resgatadas, desde que haja um colecionador ou uma biblioteca que a possua. Se quiser colaborar, basta nos escrever.

Que os leitores possam descobrir cada vez mais as obras de uma das literaturas mais importantes do mundo!

CAPÍTULO 1

De um cavalheiro cujo nome ocultamos, não só a seu pedido, como porque seria imprudente e talvez mesmo perigoso revelá-lo, recebemos uma importantíssima carta, a que damos publicidade porque o seu assunto se prende intimamente à gravíssima questão — Castro Malta.

É possível, provável mesmo, que das obsequiosas informações desse cavalheiro resultem novos elementos de convicção que auxiliem o desfecho dessa questão, concorrendo para descobrir esse tenebroso mistério, que tanto se empenha a Polícia em ocultar.

Ao nosso amável informante pedimos desculpa de havermos publicado integralmente a sua carta e que nos remeta sem detença quaisquer informações novas, que porventura venha a colher.

Eis a carta:

Sr. Redator d'*A Semana*.

Posto que apenas ligeiros laços de cortesia liguem as nossas relações, tomo a liberdade de dirigir-me a V. Sª. porque entendo ser esse o melhor caminho para chegar aos fins a que desejo chegar.

Trata-se de merecer de V. Sª. um obséquio, cuja realização, que não lhe custará grande sacrifício, trará, no entanto, para este seu criado vantagens incalculáveis, e mais ainda como que o gozo do cumprimento de um dever.

O meu desejo é que V. Sª. dê na sua esperançosa Folha uma notícia, uma simples notícia, a respeito de certo fato, insignificante na aparência, mas em verdade de um grande alcance social e político. E, para que V. Sª. possa dar tal notícia com toda a segurança, preciso é que eu fale de outros fatos, sobre os quais não daria palavra, se imprevistas circunstâncias não me obrigassem a semelhante coisa.

Em primeiro lugar, Sr. Redator, convém lembrar-lhe que eu sou casado; que, se não tenho filhos é porque morreu o único que me chegou a nascer; e que até hoje tenho desempenhado com toda a retidão e todo o zelo o modesto emprego que conquistei a concurso na Secretaria em que ainda ontem tive o prazer de encontrar V. Sª., pedindo informações a respeito de certa autoridade, envolvida na grande questão que neste momento preocupa a população inteira desta vastíssima cidade — a questão Malta.

Além do que fica dito, é público e notório que não sou homem de escândalos, que não me embriago, nem ando com francesas e que, em todo o princípio do mês, logo ao receber o meu ordenado, pago pontualmente aos meus fornecedores, e guardo o resto do dinheiro para as despesas de bondes e de outras coisas que não admitem crédito.

Vê, pois, V. Sª. que sou homem de bons costumes, que vivo às claras, como se costuma dizer, e que, por conseguinte, se me acho metido numa questão suspeita e de todo o ponto transcendental, é simplesmente porque assim o quiseram outros, sem que eu, dou-lhe a minha palavra de honra, tenha de modo algum contribuído para isso.

Sr. Redator, disse-lhe já que sou casado, mas ainda não acrescentei que, há coisa de ano a esta parte, sou o mais desgraçado dos maridos. Há um ano que me entrou pela primeira vez no cérebro o demônio da desconfiança a respeito das virtudes de minha mulher, e desde então a esta data não consigo um momento de repouso.

Imagine V. Sª. que eu, uma tarde, por sinal que era sábado, entrando em casa um pouco mais cedo do que de costume, encontrei minha mulher escondida debaixo da escada, entre uma barrica vazia e um colchão que servia às vezes para algum amigo que porventura pernoitasse conosco.

Perguntei-lhe que fazia ali; ela, em vez de responder, abriu a chorar, e escondeu o rosto.

Já bastante intrigado com a brincadeira, puxo-a pelo braço e observo o lugar deixado por ela, a ver se descobria a explicação daquele fato estranho.

A princípio nada encontrei, além da barrica vazia e do colchão; mas empurrando este com o pé, dei com um número da Gazeta de Notícias, para o qual não teria atentado, se minha mulher não soltara um grito, justamente na ocasião em que eu o tomara com avidez.

Eu, porém, sem lhe dar tempo a arrancar-me das mãos a folha, ganho o meu quarto de carreira, fecho-me por dentro, dando duas voltas à fechadura.

Era isso mesmo, todavia, o que desejava e o que conseguira a espertalhona, porque, segundo fui mais tarde informado, ela, em bem não me viu fugir com a Gazeta, tornou logo ao ponto em que a encontrei e, rebuscando com a mão por detrás da barrica, daí sacou um objeto e com ele fugiu para o porão da casa.

Esse objeto, vim depois a descobrir, era um pequeno cofre de madeira preta com embutidos de metal amarelo, contendo o quê ainda não sei.

Minha mulher, em seguida a esse fato, principiou a não me querer encarar de frente e a evitar comigo a menor troca de palavras. Enterrava-se no quarto das seis às seis, e, se eu a outra qualquer hora tentava chamá-la a mim, escondia a cabeça nos travesseiros e punha-se a soluçar, que era uma coisa por demais.

Aborrecido, triste, completamente desarticulado dos meus hábitos, deixava-me então ficar pelos cantos, a cismar, a enfiar cachimbadas, sempre em busca de descobrir a ponta daquele mistério, que já me tirava regularmente o sono e o apetite.

E minha mulher — nada de desembuchar. A princípio lancei mão da violência. Ameacei-a com os punhos cerrados, falei no meu revólver de seis tiros, depois — empreguei meios brandos; fiz-me terno, pedi, choraminguei, em seguida — recorri à astúcia, armei ciladas, fiz planos, espiei pelas fechaduras, andei na ponta dos pés, apalpei as trevas e procurei agarrar um gesto dos seus, um sorriso, ou uma dessas palavras indiscretas que às vezes nos escapam na inconsciência do sonho. Mas tudo isso foi inútil; tudo isso foi trabalho perdido.

Cresciam as dúvidas e com elas o meu padecer e as minhas tristezas.

Então, meu consolo único era um papagaio que ela trouxera quando nos casamos. Mas, ai!, esse mesmo, desde que a dona se enterrara no quarto, estava quase tão triste como eu e não queria dar à língua, nem à mão de Deus Padre.

Afinal, um dia, quando, de furioso que estava, até já me dispunha a torcer-lhe o pescoço, o pobre bicho encrespou as penas da nuca, fechou voluptuosamente os olhos, abriu de leve as asas e disse, como quem suspira:

— "João Alves!"

Eu voltei-me para ele o mais ligeiro que é possível:

— Hein?! Como?! Fala, fala, minha rosa! Peço-te por amor de Deus que fales! Vamos! Quem passa, meu loiro?...

Mas o maldito abaixou a cabeça, e calou o bico por uma vez.

Entretanto, aquelas duas palavras que lhe escaparam, aquele nome, eram já um indício, uma descoberta, um ponto de partida. Se o papagaio as pronunciara tão bem, era sem dúvida porque de muito se havia familiarizado com elas.

Ora, eu nunca levara a casa nenhum João Alves; pela vizinhança também não me constava que houvesse gente com esse nome... de quem pois o ouvira o papagaio?... Esta era a minha questão; este era o meu ponto de partida.

Mas, que noites, Sr. Redator! Que noites passei eu a pensar naquelas duas palavras!... Quantas e quantas suspeitas não me passaram pela mente. Ah! Só pode compreender o peso de uma dúvida dessa ordem quem como eu a carregou nos ombros por tantos dias.

"João Alves! João Alves!" Estas duas palavrinhas cosiam-me os miolos, como se uma fosse a agulha e a outra o fio!

Uma noite surpreendi-me defronte de minha mulher, a berrar-lhe contra o rosto.

— Tu me hás de dizer quem é o João Alves! Ou eu te beberei até a última gota de sangue!

Minha mulher soltou um grito e caiu de costas na cama, sem sentidos. Corri à despensa em busca do vinagre; mas, de atrapalhado que estava, demoro-me um pouco a encontrar o galheteiro e, quando volto ao quarto, já não achei ninguém.

Percorro toda a casa, revisto os móveis, os cantos, o quintal, o porão — nada! A pérfida havia se escapado pela porta da cozinha.

Saí, fui à venda pedir informações; indago pela vizinhança, e só no dia seguinte descubro que a miserável fugira com um tal João Alves que há muito a convidava para isso.

— Ah! O papagaio tinha razão!

Armei-me, passei a noite a fariscar-lhes a pista. Pela manhã, depois de quebrar a cabeça em procurá-los, vim a saber que os infames estavam refugiados a dois passos de minha casa, numa hospedaria que ficava ao canto da rua.

Corri para lá espumando de raiva, meti ombros à porta, entrei; mas os fugitivos já lá não estavam e deles só havia um vestígio importante. Foi um cartão de visita que o amante de minha mulher deixara ficar por esquecimento.

Pois bem, Sr. Redator, nesse cartão estava escrito "Castro Matta". E estes dois novos nomes, ligados aos que pronunciara o papagaio, aproximam-se singularmente do nome por extenso daquele célebre homem que hoje os jornais com tanto afinco procuram descobrir. E agora, custe o que custar, hei de desencavá-lo; não porque me interessem as questões públicas, mas porque esse João Alves de Castro Matta há de sofrer pelo que me fez.

É isso, Sr. Redator, o que por ora lhe tenho a comunicar e do que, peço, faça uma pequena notícia, escondendo os pontos mais privados desta carta. E, se V. Sª. quiser ligar o seu esforço ao meu, havemos de dizer ao público o que foi feito do Malta ou Matta, porque, segundo as últimas informações que colhi e que amanhã lhe enviarei, cada vez mais se justificam as minhas suspeitas sobre a identidade do grande patife.

Pelo que eu lhe for dizendo, verá V.Sª. que estou a par de tudo e que os mais culpados nesta questão não são os que mereceram as maiores acusações da imprensa.

Consola-me a ideia de que, vingando a minha honra ultrajada, vou igualmente prestar um grande serviço à justiça e ao Direito.

Rio de Janeiro, 28 de dezembro de 1884.

Sou de V.Sª.

Atº. Crº. Obrº.

CAPÍTULO 2
NOVAS REVELAÇÕES
SEGUNDA CARTA

Sr. Redator d'A Semana.

Não sei se lhe agradeça o seu procedimento com a minha carta ou se lho censure; o que afianço é que ele me surpreendeu deveras e, se não me magoou, também não me produziu grandes impressões de gosto.

Esperava que V.Sª., atendendo ao meu justo pedido, se limitasse a extrair, de tudo que lhe enviei, uma pequena notícia e, quando vi a minha carta publicada na sua íntegra e, quando tive ocasião de ver a sensação que ela produziu sobre o público desta Capital, confesso-lhe, Sr. Redator, tive sérios receios de haver cometido uma leviandade.

Porque, cumpre declarar, eu não tenho o hábito de me articular diretamente com as massas populares, e sempre que me vejo alvo de atenções gerais, apodera-se de mim um tal constrangimento e uma tal ansiedade, que chego a ficar doente.

Entretanto, V.Sª. teve a prudência de ocultar o meu nome e o de outras pessoas que citei, e isso já é para mim não pequena animação.

Nem sei qual seria a minha conduta, se V.Sª. não tomasse tão delicada resolução. E, já que as coisas seguiram esse caminho, estou disposto a não retroceder, e declarar pra frente tudo que me constar a respeito do assunto.

Como lhe disse na minha primeira correspondência, apenas o que me ficou da investigação da hospedaria foi um cartão de visita onde se lia o nome de Castro Matta.

Pois bem, Sr. Redator, armado desse documento, saí a tomar informações no quarteirão inteiro e vim a saber por um homem do ganho que este próprio levara para a ponte das Barcas Ferry um baú de folha com as iniciais J. A. C. M.

Peço-lhe informações sobre o dono ou dona dessa bagagem, e ele me respondeu que a pessoa que lha entregara era um homem alto, magro, de cabelos pretos e barba à inglesa, vestido com certa elegância, de polainas e chapéu alto, mas que não podia afiançar se ele era ou não o verdadeiro dono da bagagem ou simplesmente um encarregado dela, visto que o sujeito, a cada passo que dava, dizia com um gesto de impaciência. — "Que maçada! Que maçada!"

E o carregador declarou mais que, indo a tomar uma caixa de chapéu de senhora que o sujeito tinha sobre a mala, ele a defendeu com certo interesse e disse que não se incomodasse com a caixa, que ele mesmo a levaria e que, ao metê-la debaixo do braço, acrescentara:

— Não! Desta não me separo por coisa alguma!

— E ele não te disse como se chamava? — perguntei ao homem do ganho.

— Saiba vossemecê que não senhor; mas quando cheguei à estação, encontrei-o de braço com uma senhora, que lhe dava o tratamento de "Seu Joãozinho".

Estas duas palavras fizeram-me pulsar o coração com maior força.

— E essa senhora, que estava com ele — interroguei de novo —, essa senhora que espécie de gente mostrava ser? Qual era o seu tipo? Era baixa, gorda, ou magra e alta?

— Nem muito baixa, nem muito gorda. Assim pelo feitio daquela madama que ali vem.

E o ganhador apontou com o seu velho chapéu de lebre para uma Francesa que se encaminhava para o nosso lado e que era justamente da estatura de minha mulher.

— E era morena? — perguntei em crescente sobressalto.

— Nem por isso; mas era... era moreninha e com umas faces rosadas que faziam gosto. Lembra-me ainda que, numa ocasião em que o sujeito lhe disse alguma coisa ao ouvido, ela soltou uma risada muito gostosa e eu vi então uns dentes mais alvos que esse peito de sua camisa.

Corri instintivamente os olhos pela minha camisa e lembrei-me da brancura sedutora dos dentes de minha mulher.

— E como estava vestida? — inquiritei de novo.

— Homem! Disso não me lembro!...

— Diabo! — praguejei.

— Ah! Agora me recordo! Estava toda de preto e tinha um chapéu de palha escura que lhe escondia os olhos.

— Os olhos? E de que cor eram eles?

— Não lhe posso dizer, patrão, porque o chapéu não deixava...

"É a mesma, não tem que ver!", pensei, lembrando-me de um chapéu que dois meses antes eu havia comprado para minha mulher na Notre Dame.

E, metendo uma nota de dez tostões na mão do homem, acrescentei.

— Ora, diga-me cá! Não reparou se a sujeita tinha algum sestro?

— Sestro?

— Sim! Pergunto se ela não tinha o costume de fazer alguma coisa particular com as feições ou com alguma parte do corpo.

— Parte do corpo?

— Quer dizer, se ela não tinha algum cacoete.

— Que diabo vem a ser isso?

— Mau! Agora é você que me interroga! Pergunto-lhe, homem de Deus, se a sujeita não piscava com os olhos, não mexia com a boca ou não sacudia os ombros.

— Mexia, patrão, sacudia e piscava.

— Tudo a um tempo?!

— A um tempo, como?

— Bem, já vejo que não arranjamos mais nada. Adeus, obrigado.

— Ah! É verdade — disse o homem, voltando a ter comigo —, ela, patrão, todas as vezes que falava, lambia os cantos da boca...

— Lambia os cantos da boca?! Ah!

Já não podia haver dúvida! Era ela! Era minha mulher! Era Margarida.

Quando voltei a mim da última revelação do carregador, este já não estava em minha presença, ao passo que a Francesa, que lhe servira de comparação para me dar ideia do tamanho da sujeita, permanecia ao meu lado e observava-me de um modo estranho.

Eu, porém, não me sentia disposto a prestar-lhe atenção e corri a tomar o bonde das Barcas Ferry.

Eram cinco e meia; ainda tinha tempo talvez de encontrá-los nas ruas de Niterói. Entrei na estação como um louco, procurando descobrir em todas as pessoas, em todas as coisas, um indício que me pudesse elucidar naquela conjuntura.

Nada! Nada!

Fui para bordo, assentei-me ao canto de um banco no tombadilho, e confesso que nunca achei que as Barcas Ferry caminhavam tão devagar. Sentia ímpetos de atirar-me ao mar; uma vontade dolorosa de chorar estrangulava-me a garganta. Não podia estar quieto, ergui-me, dei algumas voltas pelo tombadilho e afinal desci.

Imagine, Sr. Redator, qual não foi a minha surpresa quando, na primeira fisionomia que meus olhos descobriram, reconheci a mesma Francesa que servira de comparação ao homem do ganho.

"Será talvez uma coincidência...", pensei, e resolvi não mais cuidar disso.

Mas a Francesa se havia levantado e, vindo ter comigo, disse em meia-língua.

— Se quiser saber o que foi feito deles, acompanhe-me, quando chegarmos.

Quis pedir mais algumas explicações, mas a Francesa, como se a coisa não fosse com ela, afastou-se e retomou na barca o lugar que havia abandonado e a leitura de um livro que tinha interrompido.

Sou de V.Sª.

Atº. Crº. Ven.or

CAPÍTULO 3
NOVAS REVELAÇÕES
TERCEIRA CARTA

Mal a barca abicou na ponte da estação de Niterói, saltei de um pulo, só cuidando seguir a misteriosa Francesa que me havia prometido informações sobre o casal fugitivo.

Mas, qual não foi a minha decepção, quando, volvendo em torno os olhos ávidos, não encontrei a estrela em que baseara as minhas melhores esperanças.

Ela havia desaparecido, como por feitiço, visto que, apesar das pesquisas que empreguei, não lhe descobri sequer o rastro.

— "Estaria se divertindo à minha custa?" — perguntei aos meus botões, que, naturalmente para me serem agradáveis, não quiseram opinar comigo. — Bem! — deliberei: — Não pensemos nisto!

E fui cuidar de obter novas informações. Dirigi-me logo para o buffet próximo à ponte e perguntei a um criado que servia a um canto da sala um grupo de rapazes, se ele tinha visto saltar um sujeito de suíças, polainas, chapéu branco, de braço dado a uma dama vestida de preto, com um chapéu de palha.

O criado olhou para mim, coçou o queixo e resmungou:

— Homem! Eu lhe digo... Saltar, saltaram, até mais de um par, o negócio, porém, é que não reparei se algum deles era esse de que fala o senhor...

— E uma Francesa que chegou justamente nesta barca? — perguntei. — Uma Francesa de estatura regular, cabelos loiros e vestido de ramagens. Também não saberá dar-me notícias dela?...

Mal acabei de proferir estas palavras, um dos rapazes do grupo ergueu-se de improviso e, estacando defronte de mim, e ferrando-me um olhar muito atrevido, interrogou-me:

— Que deseja o senhor dessa Francesa?

Confesso que não encontrei logo o que responder a semelhante tipo. Ele, porém, acrescentou:

— Vamos! Estou às suas ordens! Os negócios dessa senhora tratam-se comigo.

— O senhor é seu marido?

— Não tenho que lhe dar explicações. Sou da Francesa o que bem entendo ou quero ser! Apenas não admito que nenhum sujeito, seja lá quem for, tenha com ela qualquer negócio particular!

— Pois então, dê-lhe lembranças! — repliquei eu, voltando-me vivamente e muito disposto a dar às de vila-diogo[1].

O tipo não me deixou tempo para isso e cortou-me o caminho, indo postar-se à saída do buffet. Os outros rapazes seus companheiros, que eram em número de quatro, haviam-se erguido já e estavam incorporados ao meu adversário.

— O senhor não me sairá das unhas enquanto não explicar o que deseja da mulher que procura!

E, voltando-se para um dos companheiros:

— É uma questão a respeito da Jeannite! Sempre ela! Sempre as mesmas maçadas por causa daquela sirigaita!

Os rapazes, que se haviam levantado por último, olharam-me então de alto a baixo e depois puseram-se todos a observar os pés, e a chuparem os competentes charutos, muito sérios e muito tranquilos.

A questão ia estourar definitivamente por parte do meu provocador, quando este soltou um formidável "Ah!" e então vimos todos assomar à porta do buffet a causadora de todo aquele alvoroço.

Fez-se um grande silêncio, no meio do qual a Jeannite atravessou a sala, foi ao encontro do meu formidável agressor e, depois de apontar para mim, lhe disse com a voz firme e resoluta:

— Este senhor não me conhece ainda, encontrei-o na barca e prometi que lhe daria informações a respeito de um casal que fugiu aqui para Niterói.

— A parte feminina desse casal é minha mulher! — disse eu, corando levemente.

1 Fugir. Dizem que a expressão é espanhola, do tempo de Fernando III de Castela, referindo-se ao fato de que na localidade de Villadiego, os judeus podiam circular livremente sem serem perseguidos.

— Já sei — respondeu a Francesa.

— Seria um casal que saltou na barca das cinco? — interrogou o encarregado dos negócios da Jeannite. — Um casal muito unidinho, cujo homem trazia debaixo do braço uma caixa de chapéu de senhora?

— É esse justamente! — exclamei com um vislumbre.

— Cale-se! — volveu a Francesa em voz baixa ao meu ouvido. — Eu me encarrego de tudo, descanse!

— Pois esse casal, meu caro senhor — continuou o da agressão —, esse casal seguiu para os lados de São Gonçalo. É só o que lhe posso dizer a respeito.

— Obrigado! — respondi; e fiz menção de sair.

— Olhe! — acrescentou a Francesa. — Não seja precipitado. Tome o bonde do Barreto e...

Neste ponto ela abaixou a voz disfarçando e concluiu com esta frase:

— Às oito horas na Rua do Imperador, nº ***.

— Para quê?

— Aí encontrará todas as informações.

O sujeito que se dizia encarregado de seus negócios, já então apresentando um ar

inteiramente oposto ao que tomara no princípio da questão, encaminhou-se humildemente para a recém-chegada e, de chapéu na mão, balbuciou com um sorriso de caixeiro:

— Eu não tive a menor intenção de contrariar-te, Lelé!

— Cale-se! — exclamou ela com desprezo, e em seguida piscou para o meu lado o seu olho esquerdo, e saiu do buffet ainda mais senhora de si do que entrara.

Saí também, mas, para não deixar alguma sombra de suspeita no espírito dos rapazes, tomei direção contrária à da Francesa e cheguei até a sair por uma outra porta.

O tal encarregado dos negócios dela falara-me em São Gonçalo; tinha eu, pois, de meter-me no bonde de Sant'Ana.

Quando ia a fazer isso, sou detido por um homem de meia-idade, gordo e de óculos, que me disse, falando-me à orelha:

— Não vá a São Gonçalo, seria perder o seu tempo; se quiser ouvir um bom conselho, siga os rastros da Francesa que veio com o senhor na barca. Só ela, só a Jeannite lhe poderá dirigir os passos com segurança. Em todo o caso, se V. Sª. não quiser dar ouvidos às minhas palavras, acredite ao menos que não deve tomar o bonde de Sant'Ana e sim o do Barreto, porque este o aproximará mais facilmente daqueles que procura.

Dizendo isto, o homem recuou dois passos e, escondendo o rosto numa capa riograndense que trazia, desapareceu nas sombras de uma casa em construção que nos ficava ao lado.

Fiquei parado no meio da rua, sem saber que partido tomar. Cada informação das que lograra apanhar, longe de me elucidar o espírito, mais tenebroso mo havia deixado.

Afinal, entre tudo isso, só a Francesa falara claro e decisivamente.

Puxei do relógio, consultei as horas, eram sete.

— Bem! — deliberei. — Às oito estarei na Rua do Imperador nº ***.

Segui.

Não gastei muito tempo a chegar ao ponto da entrevista e, a dois passos da casa indicada, o mesmo sujeito gordo de há pouco aproximou-se de mim e, levando o indicador aos lábios, fez-me sinal que o acompanhasse.

Tive vontade de hesitar, mas, chegado como estava àquele ponto da intriga, deixei-me levar.

Daí a poucos instantes era eu introduzido numa pequena alcova cor-de-rosa, iluminada por um único bico de gás.

Mal entrei, senti correr um reposteiro que havia por detrás de uma cama e então vi surgir, como num sonho, a misteriosa Francesa.

Ela caminhou para mim, sorrindo, e, logo que me teve ao alcance de suas mãos, passou-me os braços em volta do pescoço e exclamou entre beijos:

— És meu!

— Perdão! — disse eu. — Perdão! Agora, tenha paciência, mas não me pertenço a mim mesmo, quanto mais a V.Exª. Não tenho um minuto a perder! Preciso encontrar o amante de minha mulher!

— O Castro Matta? — perguntou a Francesa, sem me largar das unhas.

— Sim! O Castro Matta!

— Descansa! — volveu ela. — O amante de tua mulher está seguro e muito bem seguro! Dei já todas as providências para isso...

— Como assim?

— Lê.

E eu li uma portaria da Polícia, declarando que o meu homem fora recolhido ao xadrez na véspera, isto é — no dia 16 do mês de novembro.

— Quê? Pois ele está no xadrez?

— Juro-te que está, e não quero ser quem sou, se daqui a três dias o detrator de tua honra não estiver recolhido à Casa de Detenção.

— Em todo o caso, é preciso que eu vá no seu encalço.

— Não! — exclamou a mulher. — Não sairás daqui, senão amanhã, depois do meio-dia.

— Ora esta! — gaguejei, atirando-me sobre um divã — só me faltava mais isto!

Sou de V.Sª.

Atº. Crº. e ven.or

CAPÍTULO 4

NOVAS REVELAÇÕES

QUARTA CARTA

Sr. Redator.

Recebi a sua estimável cartinha, na qual declara V. Sª. os justos motivos pelos quais não deu publicidade às últimas comunicações que lhe fiz, reservando-as para mais tarde, visto que não seria de bom aviso expô-las tão precipitadamente.

Verdade é que tais revelações tanto podiam aparecer agora, como mais tarde, encarando-as pelo lado do interesse que elas tenham porventura nesta questão.

Entretanto vou prosseguir, tomando o fio das revelações justamente no ponto em que as deixamos.

Quando saí da casa de Jeannite, isto é, dois dias e meio depois de ter entrado, já o meu homem, segundo o que dissera aquela, devia estar recolhido à Casa de Detenção.

A Francesa deu-me uma fotografia dele, um retrato que o tratante havia três meses antes tirado em casa do Emilio Rouede, quando esse pintor de marinhas ainda se dava a trabalhos fotográficos.

Esse retrato estava em tudo de acordo com as informações que eu conseguira apanhar a respeito do Castro Matta.

Senhor de mais esse belo auxílio, dirigi-me para a Casa de Correção, onde felizmente tenho nada menos do que três amigos; pedi-lhes notícias do Matta e um deles me respondeu que o meu homem havia seguido na véspera para a Santa Casa de Misericórdia.

— Para a Santa Casa? — perguntei surpreso.

— Sim — disse-me o amigo. — Foi tratar-se de uma congestão hepática.

— Mas, como assim? — tornei a perguntar. — Ele parecia vender saúde e, segundo o que acabou de dizer aquele senhor (apontei para um outro dos amigos), o homem foi preso por ter sido pilhado a fazer desordens na Praça da Constituição.

— Esse ponto agora é que eu não lhe posso esclarecer — volveu o meu informante. — Apenas lhe digo que o Castro Matta não é lá grande coisa debaixo do ponto de vista da seriedade e da boa conduta.

O meu amigo e informante gostava em extremo de armar a frase com uma certa pompa de linguagem; sinto até não poder reproduzi-las mais fielmente, porque algumas delas são bem boas.

Mas não é disso que se trata agora, e não podemos perder tempo com semelhante coisa.

— Então o sujeito, o tal Matta, é homem de maus costumes, hein? — perguntei ao amigo.

— Chi! — fez ele. — Nem lhe digo nada! Sem ir muito longe, ainda na véspera da desordem que ele fez na Praça da Constituição, foi visto a passear em Niterói com uma sujeita da vida airada, uma sujeitinha vestida de preto e com um grande chapéu de palha, que lhe escondia quase todo o rosto.

Imagine, Sr. Redator, a impressão que estas palavras me causaram, a mim que reconheci naquele vestido preto e naquele chapéu de palha a mulher a quem para sempre havia ligado meu nome e meu futuro.

Mal sabia eu quando te comprava na Notre Dame, pobre chapéu de palha!, que terias ocasião de entrar tão diretamente nas minhas dores e nos meus sobressaltos de marido atraiçoado!

Desconsolado, aflito e naturalmente com uma cara d'asno, ia a deixar a Detenção para tomar o caminho da Santa Casa da Misericórdia, quando um dos meus três amigos chamou-me de parte e disse-me:

— Tu me mereces toda a confiança e vou falar-te com franqueza. O Malta...

— Malta ou Matta?

— O Malta — sustentou ele —, o Castro Malta.

— Mas não é o Malta que eu procuro, é o Matta.

— É tudo uma e a mesma coisa. Digo-te mais: o sujeito não é só Matta e Malta, é também Mattos.

— Hein?

— É o que te digo. O velhaco usa e abusa desses três apelidos, conforme a situação e conforme o plano de suas velhacadas. É Malta quando quer comprar a crédito qualquer coisa; é Mattos quando se mete em desordens e arruaças e só é Matta nas aventuras amorosas.

— Então é o mesmo — disse eu. — É justamente por causa de uma questão amorosa que eu ando em busca do tratante.

— Aposto que se trata da Jeannite!

— Da Jeannite? Uma Francesa, de cabelos loiros?

— Isso! É a amante dele.

— Dele quem?

— Do Matta, Malta ou Mattos.

— Que me dizes, homem?

— Pois não. Olha, vou mostrar-te uma carta que ainda hoje ela me escreveu.

E o meu amigo, tirando do bolso uma folha de papel, marca pequena, leu pouco mais ou menos o seguinte, entre outras coisas as quais não prestei a mesma atenção.

"Aquele miserável pagou-me tudo, vinguei-me dele (o miserável era o Matta); logo que tive as provas da sua traição, procurei o marido da mulher com quem ele me traía, obriguei-o a vir à minha casa, prendi-o, fingi-me apaixonada por ele e vinguei-me durante sessenta horas."

Eu soltei um suspiro; que me estaria ainda reservado?!

O amigo, depois de guardar a carta, acrescentou:

— Foi ela, a Jeannite, quem arranjou a prisão do maroto...

— Pois a Jeannite tem essa influência na Polícia?

— Então não sabes do que há, homem de Deus?

Eu confessei que não sabia, e o amigo passou então a fazer-me a delicada revelação que na minha última carta expus a V. Sª. e que V. Sª. resolveu guardar para mais tarde.

— Mas enfim — disse eu ao meu obsequioso informante —, disseste que ias me falar com franqueza a respeito do tal Matta e ainda não declaraste o que é feito dele.

— O que é feito dele? Eis justamente o que te vou dizer em confiança...

E depois de observar se não nos escutavam:

— O Malta não foi para a Misericórdia!

— Não foi? Mas então onde está ele?

— Está aqui, escondido. Temos ordem superior para não consentir que ele se comunique com pessoa nenhuma e para declarar que ele foi para a Misericórdia. Amanhã hás de ver isso justamente nas notas policiais.

— De sorte que o homem está aqui? — perguntei ainda.

— Está — disse o amigo. — E estará por muito tempo!

— E a mulher com quem o viram a passear em Niterói? Sabes porventura me dizer que fim levou?

— Também cá está e tem de responder a processo por crime de roubo.

— Roubo?! E presa?! Oh!

— Admiras-te de quê?!

— Desgraçado! Essa mulher é minha...

— Tua, quê?

— ... esposa!

— Oh! Desculpa! Eu não sabia...

— E é permitido ir ter com ela?

— Pois não. Acompanha-me.

E dizendo isto, o meu amigo tomou a direção do lugar onde se achavam os presos. Acompanhei-o.

Ao chegarmos à célula em que se achava a amante do Malta, senti que o suor me caía em bagos pela fronte; uma vertigem me escondeu por instantes a luz dos olhos, quis avançar e as pernas afrouxaram-se-me a tal ponto que o amigo amparou-me nos seus braços e exclamou:

— Então, fulano! Que é isso? Nada de fraquezas! Sê homem, meu amigo!

Eu concentrei todas as minhas forças e respondi:

— Estou às tuas ordens! Vamos!

O amigo empurrou a porta e eu soltei um grito de surpresa e de indignação.

— Imagine V. Sª. quem havia eu de encontrar ali, em vez de minha mulher, como esperava? Imagine quem, Sr. Redator: — minha sogra.

Sou de V.Sª.

Atº. Crº. e ven.or

CAPÍTULO 5

NOVAS REVELAÇÕES

QUINTA CARTA

Sr. Redator.

Antes de mais nada, antes de lhe dar conta dos fatos extraordinários que se vão seguir, seja-me permitido dizer duas palavras a respeito de minha sogra, dessa megera, a quem o acaso, por desgraça, fez mãe da mulher com quem casei.

Dona Leonarda dos Prazeres é uma velhusca de quarenta e tantos anos que não parece ter mais de trinta e poucos. Forte, bem conservada e lépida, diz até muita gente que ela mete mais vista do que a filha, com quem aliás se parece muito.

Dona Leonarda é viúva e foi casada quatro vezes. (Margarida nasceu do seu primeiro matrimônio.) Teve por maridos os seguintes homens: um ferrador, um açougueiro, um jornalista e um farmacêutico.

Consta que todos eles acabaram meio idiotas notando-se que dois deram cabo da vida, um suicidando-se a tiro e o outro a veneno.

Dona Leonarda herdou do último de seus maridos, o farmacêutico, uma casinha de porta e janela, cinco apólices da dívida pública e a farmácia. Comeu tudo isso dentro de um ano e passou a viver à minha custa. Eu, que não estava disposto a aturá-la em casa, arranjei-lhe uma pensão com os parentes ricos do defunto farmacêutico e tratei de nunca mais saber notícias dela.

Isto foi, haverá coisa de quatro anos, e, depois de todo esse tempo, é que a fui encontrar pela primeira vez ali, na Casa de Correção e presa como ladra, segundo a informação do meu amigo.

Entrei na célula e, sem mais comentários, exigi de minha sogra a explicação de tudo aquilo. Ela fechou os olhos e meneou a cabeça negativamente.

— Não quer falar? — perguntei eu.

Ela tornou a dizer que não, com a cabeça.

— É a sua última resposta?

Ela sacudiu a cabeça afirmativamente.

— Mas a senhora não sabe o que me trouxe aqui?

Ela levantou os ombros, com indiferença.

— Não sabe que se trata de sua filha?

Ela repetiu o movimento dos ombros.

— Saberá ao menos dizer-me o que foi feito dela?

A velha esticou o beiço inferior com um jeito expressivo, que dizia — "Não sei".

Cada vez mais furioso, pedi ao amigo que me levasse à presença de Castro Matta.

— Não posso — respondeu ele. — Tenho ordem para não o mostrar a ninguém.

Ao sair da Casa de Detenção, um dos outros amigos, aquele justamente que me havia afiançado que o Matta estava recolhido à Misericórdia, segredou-me já na rua.

— Vou agora à Misericórdia, a serviço; se quiseres ver o homem, vem comigo.

Aceitei o convite e, imagine-se qual foi a minha nova surpresa, quando, penetrando o meu amigo na enfermaria, tornou ao meu lado e disse-me ao ouvido:

— Já não encontras um homem, encontras um cadáver.

E, avançando alguns passos, foi ter a uma cama, onde se via um grande vulto humano coberto por um lençol velho.

O meu amigo levantou a coberta por uma das pontas e acrescentou:

— Vê!

Eu puxei do bolso a fotografia que me dera a Jeannite e confrontei-a com o cadáver. Não podia haver dúvida. Era o mesmo, sem tirar nem pôr.

E a graça é que a fotografia estava perfeitamente de acordo com as primeiras informações que no ponto das Barcas me dera o carregador, "magro, cabelo preto, barba à inglesa", e pela elegância é de supor que usasse polainas e chapéu alto.

Detive-me defronte daquele cadáver, a fazer algumas considerações a respeito dele.

"Ali estava para sempre inanimado o homem que minha mulher preferiu a mim e por quem trocou a sua tranquilidade, o seu futuro e a sua honra! E fossem lá compreender as mulheres! Por que razão aquele tipo de barbas inglesas, aquele desordeiro vulgar e de más entranhas sem dúvida, havia de merecer mais do que eu?... Por quê? Por ser bruto? Não! Por ter mais talento? Não creio... Ele não seria capaz de escrever estas cartas... Por ser mais honesto? Impossível! Por que seria então? Ainda se fosse rico, mas qual, segundo informações que me deram mais tarde, só lhe encontraram nas algibeiras dois níqueis de tostão, uma caixa de fósforos, algumas cartas de namoro, algumas contas, um pente e três cigarros. Por que pois teria minha mulher o preferido a mim?

"Ah! Quem poderá explicar esses mistérios e essas aberrações do coração feminino! Quantas vezes essas insensatas não largam de mão o ouro verdadeiro para se lançarem sobre o mais ordinário dos metais!..."

Fazia eu tais considerações, quando o meu bom amigo tocou-me no ombro.

— Então! — disse ele. — Queres agora ficar aí, defronte desse corpo?

— A que horas é o enterro? — perguntei.

— Deve ser daqui a uma hora. Às quatro.

— Pois eu espero. Quero acompanhá-lo até ao cemitério, quero vê-lo descer à sepultura, cair-lhe sobre o peito a terra e a cal, e só depois disso respirarei com franqueza.

— Então, adeus — disse-me o amigo. — Deixo-te, que ainda tenho que fazer.

— Adeus. Obrigado.

O amigo saiu e eu fiquei ao lado do defunto. Estava disposto a não abandoná-lo um só instante.

"Depois do enterro ou talvez amanhã" — resolvi comigo — "tratarei de continuar nas minhas pesquisas. Minha sogra não quer falar, mas eu hei de descobrir onde se esconde a filha!... Em último caso vou ter com a Jeannite e peço-lhe novas informações."

Mas, apesar de ter ali, defronte dos olhos, aquele cadáver, que era a confirmação

silenciosa da fotografia e das afirmações do sujeito que o vira com minha mulher, as palavras do meu outro amigo não me deixaram a cabeça!

"Está aqui na Casa de Correção escondido; temos ordem superior para não consentir que ele se comunique com pessoa nenhuma e para declarar que ele foi para a Misericórdia. Amanhã hás de ver isso mesmo nas notas policiais..."

E como se poderia explicar o engano tão grosseiro em que se achara o meu outro amigo? Como explicar igualmente a prisão de minha sogra? Onde estaria a minha mulher?

Eram essas interrogações que se erguiam dentro de meu cérebro, quando vi chegar um homem, acompanhado por dois serventes, o qual apontou para o cadáver, e disse.

— Carroça com ele!

— Perdão — intervim eu, chegando-me para o sujeito. — Saberá dizer-me, caro senhor, de quem é este cadáver?

— Do Malta.

— Tem certeza que é Malta?

— Malta ou Mattos... — respondeu o sujeito. — Também não sei com certeza. Se não me engano é Castro. Castro Malta ou Castro Matta. Pelo nome não se perca!

"Não se perca! Mal sabia o desgraçado o que havia de suceder"; considerei comigo e, tornando ao sujeito, perguntei-lhe se não sabia que espécie de homem fora esse Malta ou Mattos.

— Uma espécie de vagabundo!

— Mas não tinha profissão?

— Qual! Vivia da jogatina.

"Ora essa!", considerei eu. "O Castro Matta de que me falaram os vizinhos, quando eu saí a procurar minha mulher, era encadernador, e constou-me que empregado em uma das melhores livrarias da Corte."

Cada vez mais intrigado, fiz ainda algumas perguntas ao sujeito e, vendo que não obtinha melhores esclarecimentos, despedi-me dele e dispus-me a acompanhar o enterro.

Eram cinco horas da tarde quando saiu o corpo da Santa Casa da Misericórdia, dentro de um carro negro, onde se via uma cruz pintada de branco. Tomei um tilbury[2] e acompanhei-o sem dar a entender que o fazia.

A carroça tomou a direção do Cemitério de São Francisco Xavier; eu atrás.

Ia triste, como se acompanhasse o enterro de um parente ou de um amigo; sentia até vontade de chorar, quando o meu tilbury deslizou surdamente pela areia do Campo.

E a carrocinha negra, miserável, lá ia na frente puxada por um burro. De vez em quando, nas curvas do caminho, eu a perdia de vista, mas daí a pouco divisava de novo o chapéu alto do gato-pingado[3] e, então, fechava os olhos para o não ver.

Que estranho mal-estar se apoderava de mim à proporção que me aproximava do

cemitério! Afigurava-se-me um crime o que eu fazia naquele momento. Ia perseguindo um cadáver, rondando-o como se receasse vê-lo fugir no meio da viagem.

Puxei do bolso a fotografia e quase me faltou a coragem para encará-la. O retrato sorria, parecia sorrir de mim. Por instantes, afigurou-se-me que os traços de sua fisionomia se acentuaram para sorrir com mais vontade; depois parecia que se fecharam na triste expressão que eu vira na cara do defunto.

Tornei a guardar a fotografia, e só então reparei que o tilbury já estava parado há alguns minutos, defronte do portão do cemitério.

Entrei sempre atrás da carroça e fiquei meio contrariado, quando o guarda declarou que já não eram horas de enterrar.

O corpo foi depositado na capela. Era tal a insistência com que eu o acompanhava que passei por parente do morto. O meu cocheiro chegou mesmo a lançar-me um olhar de consolação.

Ia a sair, mas hesitei. Despedi o tilbury e pus-me a passear em volta da capela, onde podia, por entre as grades, ver o cadáver deitado ao comprido sobre uma mesa de pedra.

Não sei por que eu me demorava ali, mas sei que me sentia atraído misteriosamente para aquele corpo.

---

2 Carro de duas rodas e dois assentos, puxado por um só animal.
3 Indivíduo pago para acompanhar um enterro a pé.

Não podia lhe tirar a vista de cima. Olhei em torno de mim, estava só, o guarda se havia afastado, quando um grito me escapou dos lábios.

Pareceu-me ter visto o cadáver virar a cabeça de um para outro lado.

"Estou sonhando!...", disse comigo, mas resolvi observar, ainda que fosse preciso esconder-me no cemitério.

Pela seguinte carta verá V.Sª. que não era um sonho.

Sou de V.Sª.

Atº. Crº. e ven.or

CAPÍTULO 6
NOVAS REVELAÇÕES
SEXTA CARTA

Sr. Redator.

Como lhe disse à semana passada, não era um sonho o que eu via na capela do Cemitério de São Francisco Xavier.

O corpo havia mexido com a cabeça e repetira pouco depois o movimento como quem se debate na agonia de um pesadelo.

Quis gritar e chamar por alguém, mas não pude, faltou-me a voz, e fiquei chumbado à grade da capela, sem conseguir fazer um movimento.

Entretanto, a noite avultava rapidamente e quase que se não podia distinguir nada para dentro das grades. A lua, que não costuma faltar às cenas desta ordem, já lá estava no céu num transbordamento de luzes prateadas, que melhor faziam destacar as casuarinas e as pedras brancas dos mausoléus.

Um rumor surdo, gemebundo, levantava-se tristemente do chão e de tal forma se casava às sombras da noite, que parecia sair de dentro delas; dir-se-ia que a treva sussurrava derramando-se pelo vale, como uma enorme legião de espectros.

Com o luar não há claro-escuro; e essa divisão rápida da luz e da treva sempre me produziu no espírito os mais imprevistos e pavorosos efeitos.

Não sei por que, mas eu, que sou um homem de verdadeira coragem, quando estou ao sol, tremo e fujo de tudo debaixo da mefistofélica[4] influência da lua.

E, de mais a mais, num cemitério. Calcule-se.

4 Mefistóteles era um personagem demoníaco na Idade Média, aliado de Lúcifer na captura de almas inocentes.

Aos meus olhos as campas[5] se transformavam todas em grandes fantasmas saídos das sepulturas; os ciprestes eram frenéticos gigantes que conspiravam, debruçando-se uns sobre os outros, para se falarem em segredo, e logo depois se apartarem horrorizados com o que ouviam.

Imagine-se!

Ah! Nem sei como ainda me podia ter nas pernas! O suor escorria-me por dentro do colarinho; o sangue espolinhava-se-me no coração, a cabeça andava-me à roda, a arder.

E, coisa esquisita, quanto mais me ardia a cabeça, tanto mais frios sentia eu os pés e as mãos.

Um frio incômodo, que parecia penetrar na carne em forma de agulhas em brasa.

E esse frio foi se estendendo pelas pernas e pelos braços, até se apoderar da minha região intestinal. Então, como se me apertassem o ventre com um cinturão de aço, comecei a sentir cólicas e vontade de vomitar; faltava-me o ar nos pulmões e o peito parecia querer abrir-se para fora em duas folhas, como uma janela.

Entretanto, o corpo de Castro Matta acabava de erguer-se a meio sobre a mesa de mármore e circunvagava em torno de si os olhos espavoridos e cheios de inconsciência.

Com um supremo esforço fiz um movimento para fugir; ele deu por mim, levantou o braço descarnado e começou a chamar-me silenciosamente.

Depois ergueu-se de todo, lançou fora da mesa as pernas e saltou no chão, arrastando a mortalha que lhe haviam prendido ao pescoço.

E com o solene caminhar das figuras fantásticas de Goya[6], aproximou-se das grades em que eu estava.

O sangue agitou-se dentro de mim com mais força, o cinturão de aço parecia disposto a cortar-me de meio a meio pelo ventre, e os braços e as pernas principiavam-me a tremer convulsivamente.

Mais dois passos e estaria cara a cara com o maldito ressuscitado; nisto, porém, senti baterem-me de leve no ombro. Volto-me — defronte de meus olhos estava um vulto de homem.

5 Lajes, pedras que cobrem os túmulos.
6 Francisco de Goya (1746-1828) foi um dos mais importantes pintores espanhóis do fim do século XVIII e começo do século XIX. É considerado o último dos velhos mestres e o primeiro dos modernos.

Era alto, magro, de cabelos pretos e barba à inglesa.

— Eu sou Castro Malta! — disse-me ele, batendo no peito com energia.

Mas, nesse instante, a porta da capela abriu-se e o outro apareceu terrivelmente embrulhado na sua mortalha.

— Ah! — disse o segundo Castro, recuando de braços abertos, e logo em seguida caiu para trás, sem sentidos.

No entanto, o da mortalha se aproximou de mim e pediu-me que não me assustasse como o outro, e fizesse o obséquio de dizer se eu era o guarda do cemitério.

— Não senhor — respondi —, sou um simples parente de um morto que se enterrou hoje.

— Ah! — exclamou o ressuscitado. — É parente de um colega meu, logo posso contar com o senhor!

E o ladrão, dizendo isto, nem parecia que tinha morrido na véspera e que por um triz estivera para ser metido dentro da terra.

"Muito forte deve ser o espírito deste sujeito", pensei eu, a vê-lo sorrir defronte de mim, como se nada lhe houvesse acontecido de extraordinário.

Não me pude conter e perguntei-lhe se havia ficado impressionado com o que lhe sucedera.

— Não — disse-me ele muito naturalmente. — E até estimei a minha suposta morte. Daqui a pouco lhe direi a razão por quê. Se o senhor está resolvido a dar-me hospitalidade por esta noite, eu lhe contarei a minha história e verá o amigo que, nem só não devo estar triste em ter ressuscitado, como também não deveria ficar se tivesse morrido deveras.

— Bem — respondi. — Levá-lo-ei comigo para casa, tenho interesse igualmente em conversar com o senhor.

Interrompemos, porém, a conversa, para cuidar do sujeito que perdera os sentidos. O da mortalha abaixou-se, apalpou-lhe a testa e os pulsos, e exclamou depois:

— Ora esta!

— Que é? — interroguei.

— Pois você acredita? Este homem não se lembrou de morrer?...

— Morreu?

— Ora! Creio que até já fede! Este já não gustará[7] mais farinha!

E voltando-se de todo para mim:

— Isto é o que se chama fortuna! A minha saída do cemitério, depois de estar inscrito nos livros dos mortos, iria talvez produzir grandes revoluções no outro mundo! Assim deixo alguém no meu lugar!

— Vai deixar esse homem no seu lugar?

— Certamente, e eu seria um asno se não aproveitasse a boa vontade com que o pobre rapaz morreu! Vou trocar o meu lugar com o dele. Eu era defunto e tinha uma mortalha: ele um vivo e tinha roupa, relógio e talvez dinheiro. Trocamos. Ele fica sobre a minha mesa de pedra e eu vou para a mesa do restaurante que o esperava. Já vê que não sou tão caipora[8], principalmente se atendermos para o fato de que o meu protetor tem a minha estatura e que o seu chapéu me serve.

Dizendo isto, o ressuscitado colocara na cabeça o chapéu do outro, que apanhara do chão e, agora, de cartola e amortalhado como estava, tinha alguma coisa de cômico e de horrível.

A graça é que eu, desde que me pus a confrontá-los, achava-os igualmente parecidos com a fotografia que me dera a Jeannite.

— Bem! Tratemos de trocar as fatiotas[9] — acrescentou o ressuscitado, despindo o outro.

E, daí a uma hora, o novo Castro Malta, competentemente amortalhado, ficava estendido sobre a mesa da capela; ao passo que o outro saía do cemitério pelo meu braço e dizia-me em ar de graça, consultando as algibeiras:

— Relógio, corrente de ouro, cinquenta e tantos mil réis em dinheiro e livre, livre como as asas. Mas de tudo isso, o que eu herdei de melhor daquele santo morto foi este objeto!

E mostrou me um cartão que tirara da carteira.

— Um cartão de visita?

— Sim. De hoje em diante já não existo para os meus credores e para os meus inimigos. Morri! Este que aqui vai pelo seu braço, chama se...

7 Provará, degustará.
8 Caipora é aquele que traz má sorte.
9 Traje, vestuário.

E lendo o cartão:

— João Alves Castro Malta.

E acrescentou, fazendo parar um carro que passava:

— Durante a viagem lhe contarei tudo.

Sou de V.Sª.

Atº. Crº. e ven.or

CAPÍTULO 7

NOVAS REVELAÇÕES

SÉTIMA CARTA

Sr. Redator:

Vou tentar reproduzir aqui, com a maior fidelidade que me for possível, o significativo diálogo que se travou entre mim e o extraordinário ressuscitado, depois que deixamos o cemitério e nos metemos dentro do carro.

— Em primeiro lugar — disse-me ele —, vou contar-lhe com toda a franqueza a minha história, sem o quê não poderia o senhor capacitar-se de que não sou precisamente um doido. Nasci na cidade de Campinas, e, segundo me consta, meu pai, a quem não tive o gosto de conhecer, era um sujeito honrado e de bons costumes, o que aliás não lhe impediu de sucumbir a uma indigestão de lagostas, justamente quando minha mãe estava em vésperas de dar-me ao mundo. A morte de meu pobre pai precipitou um pouco este vulgaríssimo fenômeno fisiológico, obrigando minha desgraçada mãe a pagar com a própria existência o meu direito de fazer parte dessa coisa que se chama humanidade e a um lugar neste mesquinho inferno que se chama o mundo. Por conseguinte, apenas com um dia de vida já recebia eu os primeiros coices da fortuna, achando-me completamente desamparado e sem ter ao menos uma teta que me garantisse a subsistência. Foi então que um pobre cocheiro se compadeceu de mim e carregou-me para casa. O cocheiro era casado e sua mulher entregava-se ao modesto e honrado mister de criar bodes e cabras. Foi uma cabra a única ama-de-leite que eu conheci, e tal amor tomei desde então a esse benfazejo animal, que ainda hoje, quando por acaso o encontro na rua ou em qualquer parte, a vontade que tenho é de ferrar-lhe um abraço.

— Nada mais justo... — considerei eu.

— Mas — continuou o narrador — a desdita não quis que o meu protetor levasse ao cabo a obra de caridade que me estava reservada e fê-lo sucumbir, pouco depois da mulher e quando eu ainda não tinha mais do que cinco anos de idade.

"Passei então para as mãos de um tipo, o melhor dos que tenho conhecido no mundo, e que foi ao mesmo tempo o meu salvador e a minha perdição."

— A sua perdição?

— Sim. Eu me explico: "Pedro Melindroso, o homem que substituiu ao meu lado o cocheiro, era um filósofo, cujas teorias abstratas e metafísicas entraram muito profundamente pelo vasto terreno da loucura.

"Foi justamente por isso que ele me recolheu. Um dia viu-me chorando abraçado à cabra que me amamentara e escondeu-se para me espreitar.

"Eu, que me supunha a sós com a minha doce companheira de infância, exclamava deveras comovido à orelha do bicho: 'Bebé! Bebé! (era este o tratamento que eu lhe dava) Minha querida Bebé, não imaginas quanto te quero bem e quanto gosto mais de ti do que de todo o mundo!'

"O filósofo, saindo do seu esconderijo, veio ter comigo e perguntou-me se era verdade o que ouvira de minha boca.

"Eu, meio perturbado com a presença dele, respondi que sim e que não trocaria a minha querida Bebé por ninguém.

"— Quem é seu pai? — perguntou-me ele depois.

"— Não cheguei a conhecê-lo — respondi

"— E sua mãe?

"— Morreu quando me pôs no mundo.

"— E com quem você vive agora?

"— Com ninguém.

"— Você não tem casa?

"— Não.

"— Onde dorme?

"— Quase sempre no curral do Zé Coxo.

“— Onde come?

“— Onde encontro o que comer. E quando não encontro, peço.

“— E quando não lhe dão?

“— Roubo.

“— E não se vexa de roubar?

“— Não, porque não faço por maldade semelhante coisa, mas sim por não haver outro remédio.

“— E por que você não se mata?

“— Porque não quero.

“— E que espera você da vida?

“— Nada, não sei.

“— Quer vir comigo, para minha casa?

“— Vou, se me deixar levar Bebé.

“— Pois então acompanhe-me com ela.

“Desde esse dia principiei a ter de novo uma cama, um talher certo à mesa do filósofo e roupa lavada e engomada.

“— Você quer ser uma besta ou um homem instruído? — perguntou-me o Melindroso, meses depois de me haver tomado à sua conta. — Mas, desde já o previno de uma coisa — acrescentou ele. — Eu não admito meio-termo em questões de ilustração. Você, no caso que não queira ser uma besta, há de ser um sábio. Escolha.

“— Quero ser um sábio.

“— Mas, veja bem, rapaz. Para ser um sábio é necessário que você tenha talento, paciência e coragem. Consulte o seu espírito e veja se pode contar com essas três qualidades.

“— Posso, sim senhor.

“— Tu tens talento? — volveu o filósofo, passando a tratar-me por tu, o que nele significava bom humor.

“— Tenho.

“— Pois então responde ao que te vou perguntar.

“— Pronto.

“— Que farias tu a um cão que te mordesse?

“— Dava-lhe com uma pedra.

“— E a um que te lambesse os pés?

"— Nada.

"— Bem. Vejamos agora se tens coragem. Dá-me um soco.

"Eu não esperei segunda ordem e ferrei-lhe um murro na barriga.

"— Bom — disse o filósofo. — Estou satisfeito e, quanto às provas de paciência, reservo-as para mais tarde. Amanhã principiarás a estudar comigo. E daqui a alguns anos saberás tudo que é dado alcançar ao conhecimento humano.

"No dia seguinte o meu protetor começou a ensinar-me simultaneamente as seguintes matérias: Gramática Portuguesa, Francesa, Latina e Grega; Aritmética, Geografia, Física e Astronômica, Música, Desenho e Ginástica.

"É inútil dizer que de tudo isso só me ficara na cabeça uma confusão diabólica, o que aliás não desanimara o meu singularíssimo professor, nem o fazia retirar de mim a progressiva confiança que eu lhe inspirava.

"E todos os dias apresentava-me um novo livro e dizia-me:

"— Lê isto! É bastante que leias; não procures compreender, procura decorar. A cabeça é como a terra, não tem necessidade de conhecer a semente que recebe no seio; a

natureza se encarregará de cumprir com os seus deveres. A tua inteligência é a natureza e os livros que te dou são a semente. Decora-os e mais tarde a planta brotará, sem que tu

próprio descubras a razão por quê.

"Eu obedecia. Dos meus seis anos até aos vinte e um, li nada menos do que dez mil volumes de diversos assuntos.

"Meu professor nada me ensinava a fundo, nem consentia que eu me inclinasse para nenhuma especialidade.

"— Não — dizia-me ele —, um verdadeiro sábio não deve ter especialidade. Tu deves saber um pouco de tudo e quase nada de todas as coisas. É preciso que entendas tanto de Teologia como de Botânica, como de Arquitetura, como da Arte Culinária, como de Economia Política, como de Literatura e do resto. Quero que a tua inteligência se derrame em torno de ti pelo universo, e não que ela se encanalize pelo tubo de uma especialidade.

"Prefiro a extensão à profundeza; prefiro o estudo da humanidade ao estudo do homem; prefiro o estudo do homem ao estudo de um órgão ou de um osso; prefiro o estudo de um osso ao estudo particular de uma molécula, e prefiro o estudo de uma molécula ao de um átomo ou à especialidade de não estudar coisa nenhuma.

"— Vês? — prosseguiu ele. — É a isto que nos conduz a especialidade — a zero. A especialidade é o meio de ir apertando as coisas até reduzi-las a nada. Ser especialista e não ser coisa alguma vem a dar na mesma, porque nada adianta conhecer um elo de uma cadeia, quando a gente não conhece a cadeia inteira. Nada adianta conhecer a folha de uma árvore, quando não se conhece a árvore. Depois que saibas tudo sinteticamente, dar-te-ei licença para os teus estudos concretos; antes não, não admito que te demores defronte de nenhuma ciência particular.

"Este sistema educativo do meu singular protetor, que nesse tempo eu supunha um sábio e que depois verifiquei não passar de um louco, esse sistema fez com que eu, aos vinte e dois anos, quando me achei de novo abandonado no mundo, não encontrasse meios de ganhar a vida.

"Entendia de tudo e nada sabia ao certo. Tentei todas as profissões, experimentei-me em todas as carreiras — nada. Sabia Medicina e não podia curar; sabia Direito e não podia advogar; Engenharia e não era engenheiro; Pintura e não era pintor; Arquitetura e não era construtor; enfim entendia de tudo e não era nada.

"Então fiz-me boêmio e filósofo; principiei a aceitar a vida como esta se apresentasse, sem me preocupar com o dia seguinte."

— Foi nessas condições — acrescentou ele — que conheci uma velhusca, viúva de um farmacêutico, chamada Leonarda.

— Aquela que estava presa? — perguntei.

— Justamente.

"Minha sogra", disse eu comigo; e dispus-me a continuar a ouvir o ressuscitado, cujas revelações foram-se-me tornando cada vez mais interessantes, como verá V. Sª.p ela outra carta que lhe hei de mandar para a futura semana.

Sou de V.Sª.

Atº. Crº. e ven.or

CAPÍTULO 8

NOVAS REVELAÇÕES

OITAVA CARTA

Sr. Redator:

Chegado que fui a casa, em companhia do ressuscitado, disse a este que entrasse, acendi duas velas, ofereci-lhe uma cadeira e dispunha-me a ouvir com toda a atenção o fio de sua narrativa, quando ele me observou que estava a cair de fome e precisava refazer as forças com duas ou três costeletas antes de principiar de novo o diálogo.

"Isso agora é que é o diabo!" — disse eu comigo, lembrando-me de que, depois que minha mulher abandonara aquela casa, nunca mais se acendera o fogão.

O ressuscitado, como se adivinhasse o meu pensamento, lembrou que fôssemos cear a um restaurante.

— Não — respondi eu —, é melhor ficarmos aqui. Temos de conversar longamente e precisamos para isso de toda a liberdade. Eu me encarrego de arranjar o que comer, é um instante! Fique o amigo à minha espera; não me demorarei muito.

E, antes que ele apresentasse alguma objeção, saí gritando-lhe:

— Até logo.

— Veja se não se demora, hein? Tenho o estômago a gemer.

Saí de casa, meti-me no carro que havíamos deixado à porta, e fui comprar, ao primeiro hotel que encontrei, o necessário para uma ceia.

— Trouxe vinho? — perguntou-me o hóspede, logo que me viu voltar.

— Trouxe.

— Quantas garrafas?

— Duas.

— É pouco.

— Pouco?

— Decerto. Uma garrafa de vinho não chega para nada!...

— Mas eu trouxe duas...

— Uma não se conta!

— Não compreendo!

— São teorias do meu educador. E desculpe não entrar por enquanto em maiores explicações, porque já não me posso ter de fraqueza.

Dizendo isto, o meu singular hóspede havia já desembrulhado a cesta dos comestíveis, e tirava de dentro o conteúdo, exclamando a cada peça:

— Bravo! Um frango assado! — Um pedaço de roast-beef[10], esplêndido! — Ostras de forno, magnífico!

— Queijo de Minas, soberbo! — Pastéis de camarão, divino! — Uma linguiça, ótimo!

— Creio que chega — disse eu.

— Pelo menos remedeia — afiançou o ressuscitado, atirando para longe o chapéu e cravando os dentes no frango. — O amigo algum dia já passou meia semana sem comer? — perguntou-me ele.

— Não me lembro.

— Pois aqui está quem já atravessou uma semana inteira, sem meter para a boca um grão de arroz. Tenho curtido muito boa fome nesta heroica Cidade de São Sebastião. Aqui onde me vê, conheço todas as delícias da miséria!

— Ninguém o diria, atendendo para esse bom humor de que dispõe o amigo.

— Ah! Mas é que eu encaro o mundo de um ponto de vista muito filosófico. Não me preocupo absolutamente com a vida, nem com a morte. Que me importa a mim que as coisas corram deste ou daquele modo? Que me importa que chova ou que faça frio? Acaso desejo conservar a existência?

10 Traduzido do inglês: rosbife.

— O senhor é um homem singular!...

— Não, sou apenas um indiferente, sou uma sombra! Sei que nada valemos, sei que tudo isto que nos cerca desaparecerá dentro de certo tempo, sei que nós todos vivemos para cumprir uma lei indefectível da natureza, e deixo-me por conseguinte governar como um verdadeiro instrumento. Não tenho vontades, não tenho querer. Aceito a vida, aceito os fatos, sejam eles quais forem, sem lhes perguntar donde vieram, que significam ou qual o fim a que se destinam. Que diabo me pode suceder com este sistema? — A morte? — Puff! Estou me ninando para ela! — O descrédito? Mas que diabo vem a ser isso? Não aspiro posição alguma na sociedade, não pretendo nada de meus semelhantes; vivo, porque assim o determinaram os mistérios da criação; não me mato, porque seria uma maçada, e deixo correrem as coisas como elas bem entendam!

— Mas a sua filosofia não o impedirá de sofrer física e moralmente, quando for acometido por alguma dor...

— Dor?

— Então, também nega a dor?

— Decerto. Sofrem apenas os que desejam sofrer.

— Ora essa! Então se eu lhe pisar o melhor calo, o senhor não dá por isso?

— Pode ser que sinta a pressão do seu pé sobre o dedo em que se acha o calo, mas juro-lhe que não experimentarei com isso impressão mais agradável ou desagradável do que se me dessem um beijo.

— Então por que exigiu o senhor que eu fosse buscar isso com que está se regalando? Se a fome não o incomodava, para que satisfazê-la?

— Porque ela assim o quer; isso não é comigo, é com o meu estômago, que funciona por conta própria, sem me consultar absolutamente. Apenas o que eu faço é auxiliá-lo, emprestando-lhe outros membros e outros órgãos. Por exemplo.

E tomou um pastel de sobre a mesa:

— O estômago deseja este pastel, para quê — não sei, nem quero saber, mas precisa dele e reclama-o. Eu, que faço? Agarro no pastel, levo-o à boca...

E, mastigando:

— Mastigo-o... Engulo-o e agora cada um que se arranje!

— E se o senhor não tivesse o pastel à mão?

— Teria outra coisa. Se não fosse hoje, amanhã ou depois ou daqui a oito dias. Com a diferença, porém, que daqui a oito dias, se não me aparecesse um pastel, ou coisa semelhante, lançar-me-ia às orelhas do primeiro cidadão que me passasse ao alcance dos dentes.

— Bem — observei, já farto de ouvir as extravagantes teorias do meu ressuscitado. — Deixemos por ora a sua filosofia e vamos tratar do que nos interessa.

— A mim nada interessa — atalhou ele.

— Perdão, mas não se trata só do senhor.

— Sim, mas eu só trato de mim...

— Pois faça o favor de abrir uma exceção nos seus costumes e responda às perguntas que lhe vou fazer.

— Ah! Isso não me incomoda e até me diverte. Quer conversar, não é verdade? Pois converse pr'aí, gosto muito de falar, porque falar é uma coisa excelente, não demanda nenhum esforço, não demanda dinheiro, nem paciência, nem energia, nem instrução. A gente abre a boca e deixa que a palavra saia, assim como agora. Vê? Eu não faço o menor esforço para dizer tudo isto... Tenho o estômago cheio, a cabeça um pouco atordoada pelo que já falta de vinho nessas garrafas; ninguém conta com a minha vida ou com a minha morte; posso, por conseguinte, levar aqui a falar deste modo, enquanto houver o que arder nos castiçais e enquanto o sono usar dos seus direitos de não fazer-me adormecer.

— Bem — disse eu —, mas o que eu desejo não é ouvi-lo falar e sim ouvir certos esclarecimentos que me são necessários. Diga-me, por exemplo, como chegou o senhor a travar as suas relações com a viúva do farmacêutico.

— Pois não! Uma noite, não sei que horas eram nem que dia da semana, achei-me cansado e morto de fome. Tinha caminhado por muitas ruas e não encontrava uma casa aberta. Afinal, dobrando para um largo, vi luz numa casinha de duas janelas. Fui até lá, bati. Perguntaram-me o que queria. - "Quero falar ao dono ou dona da casa." Apareceu uma velhusca. — "Quem é? — Sou eu! Faça o favor de abrir! — Que deseja? — Comer!" Iam-me fechar a porta na cara, mas não dei tempo para isso, e penetrei na casa. "— Não se assuste!" — disse à velha, que parecia tremer de medo. - "Não se assuste, não lhe farei o menor mal". E, vendo que a mesa estava servida com um resto de ceia, assentei-me e comecei a comer com o mesmo apetite com que devorei o frango de ainda há pouco. Depois tomei uma garrafa e enxuguei-a. Feito o que, abri uma porta, que dava para uma alcova, e estendi-me sobre uma boa cama que encontrei.

— E a velhusca?

— A velhusca a princípio quis ir chamar a Polícia, mas, à vista do meu sangue-frio e talvez do ar pacífico de minha fisionomia, contentou-se em acompanhar-me os movimentos e afinal até já me achava graça. Dormi lá essa noite, dormi perfeitamente e, como, no dia seguinte, a velhusca me deu almoço, deixei-me ficar até que as pernas me pediram exercício. Fui então passear, mas logo que me senti cansado, voltei à casa da velhusca, e assim fui fazendo até que ela já não podia estar por muito tempo separada de mim, e já pagava as coisas de que eu ia precisando e já me dava dinheiro, charutos, garrafas de cerveja e balas.

— Depois?

— Depois começou a aconselhar-me que trabalhasse...

— E o senhor?

— Eu contei-lhe a minha história, falei-lhe no Melindroso e disse que não tinha elementos para ganhar a vida e que estava disposto a ir passando à mercê do acaso, até que um bonde ou uma febre de mau caráter se lembrasse de levar-me ao cemitério.

— Mas o fato da sua prisão?

— Ah! Vou contar-lhe tudo pelo miúdo.

Sou de V.Sª.

Atº. Crº. e ven.or

CAPÍTULO 9

NOVAS REVELAÇÕES

NONA CARTA

Sr. Redator:

O singular homem, que eu tinha defronte dos olhos, narrou-me do seguinte modo o fato da sua prisão em companhia de minha sogra.

"— Um ano depois que eu me relacionara com essa velhusca sublime, cuja forma o protetor acaso, ou Providência, escolhera para vir ao meu socorro, achei-me com ela, a Providência, passeando no pequeno jardim que existe defronte da Estação de Pedro II, quando um carregador me perguntou que fazíamos ali.

"— Creio que vou tomar um cálice de vermouth — respondi eu. - Por quê?

"— Nada — resmungou o carregador. — É cá uma coisa!

"E afastou-se.

"Poucos minutos depois, saboreava o meu vermouth ao lado da velha Providência, quando um urbano[11] se aproximou de nós e perguntou como eu me chamava.

"— João Alberto Castro Matta — disse eu.

"— E esta senhora? — interrogou o urbano.

"— Dona Leonarda da Conceição Meloso.

"— Pois queiram acompanhar-nos.

"— Para quê?

"— Saberá na Estação.

"A velhusca, ao receber esta ordem, perdeu os sentidos e eu, que não me alterei, pus-me a rir nas barbas do urbano.

11 Policial.

"— Você está se rindo de mim? — perguntou-me este.

"— Assim o creio — afirmei, soltando uma gargalhada.

"O urbano puxou pelo rifle e ia dardejá-lo sobre a minha cabeça, quando de um salto lhe tomei a arma das mãos, arrojei-a para longe e investindo de cabeçadas contra o agressor, fi-lo cair dentro de um tanque do jardim.

"Em seguida, despejei o meu cálice de vermouth sobre a testa de Dona Leonarda, chamei um carro, meti-me com ela dentro e mandei tocar para casa.

"Mas o conflito com o urbano havia atraído muita gente e em breve era o meu carro escoltado por uma porção de soldados. De sorte que, ao chegarmos, eu e a minha velhusca, à Rua da Misericórdia, um morcego abriu-me violentamente a portinhola da sege e intimou-me a que me rendesse no mesmo instante à prisão.

"— Bem — respondi —, irei. Tanto se me dá ser preso, como não ser. Mas, peço-lhes que me deixem ao menos acompanhar primeiro esta senhora à sua casa.

"— Nada! — bradou um sujeito, com ares de autoridade, o qual acabava de surgir defronte de mim: — Nada! Sua cúmplice irá também. Sigam!

"E, gritando para um praça: — Não os larguem e levem-nos quanto antes à Estação.

"Fomos os dois conduzidos à presença de uma nova autoridade, e, ato contínuo, mandaram-nos para a Casa de Correção, onde nos engaiolaram em células separadas.

"Eis aí, como fui preso. Depois sobreveio-me uma espécie de desfalecimento nervoso, do qual só tornei a mim na capela do Cemitério, naquela triste situação que já o amigo conhece perfeitamente."

Sr. Redator, à vista desta declaração do ressuscitado, concluí que a Jeannite, dando as providências para que o amante e mais a sua miserável cúmplice fossem apanhados pela Polícia, tinha motivado esse ridículo engano.

Calculei que, em vez da filha, tivessem prendido a mãe e, em vez do amante de minha mulher, tivessem prendido o amante de minha sogra.

E assim foi. Notando-se, porém, que a terrível Jeannite tanta gente pôs na pista dos perseguidos e tantas providências deu para os apanhar, que, na ocasião em que um Castro Malta era recolhido à Casa de Detenção com uma mulher, outro já lá estava com outra.

Os empregados da Casa, segundo deduzo do que lhes ouvi no dia do singular enterro, não se achavam muito a par da verdade e, tanto assim, que uns me diziam que o Castro Matta ou Malta havia seguido moribundo para a Santa Casa da Misericórdia, e outros afirmavam que o legítimo Castro Malta estava engaiolado na Detenção.

Perplexo com as novas revelações do ressuscitado, deliberei esclarecer por uma vez os acontecimentos e, no dia seguinte à minha conversa com ele, atirei-me de novo para a Casa de Correção.

— Então? — perguntei ao empregado que já me havia fornecido as primeiras informações. — Que notícias me dá o senhor do Castro Malta?

— O Castro Malta — respondeu-me o empregado — enterrou-se hoje pela manhã no Cemitério de São Francisco Xavier. A prisão desse vagabundo, a quem Deus haja, motivou também a injusta prisão de um inocente que, ontem mesmo, mal se verificou o engano, foi posto em liberdade com uma rapariga que o acompanhava; ficando uma velhusca que viera com o que faleceu.

— Bonito! — disse eu. — Os senhores podem limpar as mãos à parede!

— Por quê?

— Porque fizeram asneira! Porque soltaram o legítimo Castro Malta e a legítima cúmplice do Castro, e ficaram aí com uma pobre desmiolada, que nada tem com o negócio!

— Como?! Explique-se!

— Ora! Fizeram-na bonita! A mulher que os senhores soltaram é minha esposa, é a legítima amante do legítimo Castro Malta; a outra, coitada!, é minha sogra, uma doida, cujo crime único foi meter-se com um boêmio que a estas horas deve ainda estar deitado em minha cama, a digerir uma ceia que lhe dei ontem.

— Perdão! — volveu o empregado policial. — Perdão! O senhor não pode ter em casa o amante da velhusca que ainda cá está presa, porque esse desgraçado foi daqui muito mal para a Misericórdia, morreu, e enterrou-se hoje pela manhã.

— Engana-se, quem se enterrou foi o verdadeiro Castro Malta, o amante de minha mulher, aquele que fora para aqui recolhido com uma rapariga morena, de olhos pretos e cabelos lisos, isto é, com minha esposa! Ora essa!

— Pois eu lhe vou mostrar o que prova que o homem da velhusca morreu e está enterrado na sepultura nº.... Ora espere! Posso até lhe dizer o número da sepultura...

— É inútil — observei. — É inútil. Sei donde parte o seu engano e receio, tentando esclarecê-lo, tornar mais embrulhada toda esta história.

— Não! Se há novos enganos, convém pô-los a limpo. Fale, fale por quem é meu amigo.

— Pois então saiba que o sujeito, que foi na qualidade de defunto para o Cemitério de São Francisco, não era um cadáver.

— Como assim?

— Estava perfeitamente vivo.

— Impossível! Pois se ele foi enterrado hoje, às nove horas da manhã, e aqui estão os documentos.

— Não foi a ele que enterraram. Foi ao outro.

— Que outro?

— O tal Castro Malta, aquele que um dia antes fora solto com a mulher que o acompanhava.

— Mas, como?

— Muito facilmente.

E eu contei ao empregado da Casa de Correção o que assisti no cemitério.

— Jesus! — exclamou ele depois. — Que trapalhada, minha Nossa Senhora! Que trapalhada! Como diabo agora poderemos sair desta?...

— É exato! — confirmei. — O negócio está mal parado!

— Quer saber de uma coisa? — acrescentou o empregado. — Faça-me um obséquio — não toque nisto a pessoa alguma. Finja que não sabe de nada! Se não se der uma palavra

sobre o caso, ninguém descobrirá a verdade e a história cairá no esquecimento! Que importa um Castro Malta de menos ou de mais? Se não está enterrado o verdadeiro, foi alguém enterrado por ele. Tanto valem seis como meia dúzia! Ao passo que, se formos a mexer nessa embrulhada, a coisa pode complicar-se cada vez mais e redundar em prejuízo de todos nós. Promete que não dará uma palavra sobre isso?

— Prometo.

— Bem. Nesse caso vou falar ao Chefe para pôr na rua a velhusca, e fica terminada a questão.

Coitado! Mal sabia ele que então é que ela, a questão, ia deveras principiar!

Minha sogra, logo que se pilhou solta, jurou que havia de vingar-se daquela maldita Polícia, que, sem mais nem menos, lhe arrancara dos braços o homem amado e, segundo ela supunha, mandaram-no para a Misericórdia e daí para o cemitério — morto.

— Ah! Isto não há de ficar assim! — bradava Dona Leonarda, quando me encontrou por acaso na rua. — Isto não há de ficar assim! Pois então prende-se a gente deste modo, e deste modo se dá cabo de um homem! A quem me hei de dirigir sei eu! Tenho alguns conhecidos na imprensa, graças a Deus! E meu compadre Quintino há de mostrar-lhes de quantos paus se faz uma canoa! Hão de ver o bom e o bonito! Súcia de trapalhões!

E, como verificará V.Sª. pela seguinte carta, não era debalde que o demônio da velha dizia aquilo.

Sou de V.Sª.

Atº. Crº. e ven.or

CAPÍTULO 10

ROMANCE AO CORRER DA PENA

Antes de dar conta da primeira e memorável entrevista que a terrível Dona Leonarda cometeu contra o seu compadre Quintino, peço ao leitor que me acompanhe de novo à minha casa, onde iremos encontrar o nosso extravagante João Alberto, estendido sobre a cama, a fumar voluptuosamente um charuto dos que encontrara na algibeira do seu substituto de morte.

— Então? — disse-lhe ao entrar no quarto. — Como vai isso?

— Magnificamente! — respondeu ele. — Sinto-me melhor do que nunca! Ah! Vejo que não há para a saúde e para o bom humor como algumas horas de morte e um passeio ao Cemitério de São Francisco!... Gostei tanto da brincadeira que, se fosse homem de recursos, havia de lá ir todas as semanas, dentro de um caixão e puxado pelo burrinho da Misericórdia!

— Bem — volvi eu. — Mas deixe por enquanto as considerações, e passemos uma revista nas algibeiras daquele fraque, porque desconfio que encontrarei aí alguns esclarecimentos úteis para as minhas pesquisas.

— Então o senhor quer me revistar as algibeiras?

— Perdão! Não lhe quero revistar as algibeiras, as suas, mas sim as algibeiras do fraque do homem que eu procurara.

— Que procurara? Explique-se!

— Sim. Aquele sujeito que ficou no cemitério é o homem que eu procurara.

— Para quê?

— Negócios particulares...

— Não! Desde que eu me apossei do lugar, da roupa, da carteira e do nome daquele pobre homem, entendo que sou o seu único representante sobre a terra e estou disposto a responder por ele. Diga, pois, o que deseja do meu infeliz cliente. Os seus negócios tratam-se comigo!

— Já lhe disse que são negócios particulares, e só tratáveis com ele próprio. Quero dar uma busca nessas algibeiras, porque é natural que o miserável trouxesse consigo algum documento dos seus crimes.

— Ah! Ele era um criminoso?

— Dos piores.

— E que lhe queria o senhor?

— Matá-lo.

— Sim?

— Com certeza.

— E não poderia o amigo, com um pouco de boa vontade, substituir essa intenção por outra?

— Por outra?

— Sim; visto que agora, neste bom momento de repouso e ventre cheio, não me seria muito agradável cumprir com essa desagradável formalidade...

— De que formalidade está o senhor aí a falar?

— Da formalidade de morrer pelo meu homem. Já não lhe disse que aceitei com todos os ônus o lugar vago que ele deixou no mundo?

— Vago parece-me você!

— E sou.

— Vago e cínico!

— Também, mas confesso que neste momento não estou muito disposto a morrer. Ponhamos de parte esta questão por enquanto e mais tarde entraremos em qualquer acordo. Pode, todavia, ficar tranquilo, que se faz muito empenho em matar o Castro Malta, eu não fugirei ao dever. Descanse.

— O senhor é idiota.

— É exato talvez, mas veja se pode ir dar um passeio; tenho sono e preciso dormir. Vá!

Dizendo isto o ressuscitado bocejava, encolhendo-se na cama e aconchegando-se aos travesseiros.

— Olhe! — acrescentou ele. — Se faz muito gosto em revistar-me as algibeiras, reviste-as durante o meu sono e, se quiser roubar o dinheiro que aí tenho, peço-lhe o obséquio de não roubar tudo. Deixe-me alguma coisa...

E bocejava de novo.

Eu, para não lhe distrair o sono, deixei de responder e saí do quarto.

Daí a pouco o boêmio ressonava como um porco, e eu tratei de apoderar-me da roupa que ele trouxera do cemitério.

Principiei a revista pelo fraque, passei depois ao colete e afinal às calças.

Encontrei o seguinte, cujos objetos inventariei em uma folha de papel, que hoje se acha em poder do compadre de minha sogra: uma carteira com três bolsos, havendo em um deles uma conta de charutos da Casa Havanesa; um pedaço de papel sujo e meio roto, no qual se liam os seguintes versos:

Amei-te um dia, oh! Que triste sorte!
Amei-te muito, amei-te por demais
Visto que tu, mulher, eras mais forte
Do que...

O resto não se podia ler.

Havia ainda nesse bolso da carteira um décimo da loteria de São Paulo; uma receita passada pelo Dr. Silva Araújo, e uma pequena trança de cabelos castanhos amarrados por uma fita azul toda nodoada de óleo cheiroso.

No outro bolso da carteira encontrei duas notas de vinte mil réis e uma de dez; ao lado das notas um outro décimo da loteria de São Paulo e uma cautela do Monte-do-Socorro, que constava de — um broche de ouro em forma de coração, guarnecido por um chuveiro de diamantes.

Calcule-se o interesse que me produziu essa denunciadora cautela[12], logo que me saltou à cabeça a ideia de um broche justamente naquelas condições, que possuía minha mulher.

12 Recibo de casa de penhores onde as pessoas pegam empréstimos dando joias como garantia.

Foi já com as mãos trêmulas e o coração aflito que prossegui à busca no terceiro bolso da carteira.

Encontrei uma fotografia. E adivinhe-se de quem!

Da Jeannite.

Nas costas do retrato lia-se escrito em bastardinho:

A mon petit bien aimé[13].

E grudado ao fundo do bolso estava uma estampilha do correio.

Passando à segunda algibeira do fraque, encontrei um maço de papéis, que tratei logo de inventariar, declarando pelo seguinte modo o que eles continham:

1º — "João Alves. — Se já não precisas da Nana, devolve-ma, que o dono ma reclamou por duas vezes. — Teu, Costa Rosas."

2º — "O Sr. João Alves Castro Malta deve a Gaspar Leite & C. cinco mil réis, importância de um jantar. — Recebi, 8 de Novembro de 1883. — Gaspar Leite & C."

3º — "Joãozinho. — Espero-te hoje. Meu marido está de serviço. — Tua, X."

A letra deste bilhete não me era conhecida, felizmente.

4º — "Ilmo. Sr. Castro Malta. — Segunda-feira mato um peru e minha filhinha faz anos. Venha jantar conosco. Se quiser pode trazer o Mello. — P.S. Não esqueça o violão. — Seu,

Mendonça de Freitas."

5º — "Sr. Castro. — Estou cansado de procurá-lo em casa e na rua. O senhor tem caçoado deveras comigo; pensei que tratava com um homem sério e tratei com um velhaco. Se até o dia 31 deste mês o senhor não pagar o que me deve, entrego a sua conta a um procurador. — Thomaz Cardoso."

6º — "João Alves. — Vê se me aprontas o discurso. O dia do casamento está a bater à porta, e tu bem sabes que eu prometi fazer um improviso. — Teu primo e amigo, Cazuza."

O sétimo documento era um artigo de fundo cortado da Gazeta da Tarde.

8º — Seis cartões iguais de uma casa de móveis.

9º — Um lápis com bainha de metal.

13 Traduzido do francês: "À minha pequena bem amada".

10º — "Ir à Rua Primeiro de Março nº. 20, procurar no escritório dos fundos a ordem do Sr. Comendador Manoel da Silva Braga para me ser entregue a chave de sua chácara, em Catumbi."

11º — "Amônia — 30 gramas. H2O — 100 gramas."

Nessa algibeira havia mais dois charutos e um caderninho de mortalhas Abbadie.

Passando ao bolso de fora do fraque encontrei um lenço barrado de azul, com um monograma composto de um R, um S e um B. Este lenço cheirava a água-da-colônia misturada com fumo.

Nas algibeiras de trás havia um outro lenço sem marca e enxovalhado e uma caixa de fósforos de pau.

Nas algibeiras do colete encontrei um relógio, cuja corrente pendia a uma das casas dos botões; uma fosforeira de platina cheia de fósforos de cera; uma pequena chave de trinco e uma outra de gaveta; um botãozinho de colarinho, obra de madrepérola; três níqueis de 200 réis e mais dois vinténs embrulhados em papel; ainda um décimo da loteria de São Paulo; um limpador de unhas; um pedaço de papel em que estava escrito "Rua do Conde d'Eu nº 8" e mais um vidro esfumado de óculos ou lunetas.

Nas calças encontrei quatro mil réis em notas miúdas, oito cigarros, um pedaço de vela estearina, um canivete, e atrás, perto do cós, em uma algibeira disfarçada, havia um revólver de seis tiros, completamente carregado e em descanso.

Já desanimado, ia abandonar a roupa do miserável amante de minha mulher, quando descobri o bolsinho da luva e, aí, rebuscando avidamente, encontrei uma carta que me elucidou mais do que todos aqueles documentos e da qual darei parte ao leitor no seguinte capítulo.

A essa carta devo eu o bom resultado das minhas pesquisas. Mas, não precipitemos os acontecimentos.

CAPÍTULO 11

Eis a carta:

João Alves. — acabo de obter informações que te prometi no momento em que te recolheram à Casa de Correção, em companhia da tal Margarida. Essa mulher fatal, por quem te apaixonaste e que ainda te dará muitas ocasiões de desgosto.

Logo que foste seguro pela Polícia, corri à casa da Jeannite e vim a saber que não era esta a promotora da tua prisão, como supunhas, mas sim o Dr. Campello da Fonseca, autoridade que conheces muito melhor do que eu.

Esse procedimento do Dr. Campello é sem dúvida consequência do ciúme. O homem está cada vez mais apaixonado pela Jeannite e, quando descobriu as tuas relações com ela, não trepidou, para se vingar, de prevalecer-se da sua posição de autoridade policial.

É triste, mas é assim.

Por outro lado, a Jeannite, que estava a ferro e fogo contigo por causa da Margarida, tratou de atiçar as cóleras do Campello e, com tanto afinco trabalhou, que foste afinal dar com os ossos na Casa de Correção.

Em todo caso não desanimei e, auxiliado pelo nosso amigo comum, o Tobias, que bem sabes é empregado na polícia, espero provar que o Castro Malta de que se trata, não és tu, e sim um vagabundo que mora ultimamente com a mãe de Margarida.

Este plano não tem nada de mau, porque, graças às circunstâncias auspiciosas que o cercam, ele promete um resultado magnífico.

O vagabundo chama-se João A. Castro Malta, nome que se confunde com o teu e a mulher que vive em companhia dele tem o mesmo nome da filha e dizem que se parece com ela.

Ora, nestas condições, é muito fácil obrigar os teus perseguidores a um formidável engano; tanto mais se atendermos a que a Jeannite e o Campello, aproveitando a tua prisão, acham-se refugiados em Paquetá.

Ele para escapar das vistas da sociedade e principalmente das vistas da própria família, ela para se esquecer de ti, que afinal és o único homem verdadeiramente amado por semelhante demônio.

Demônio, sim, que outro nome não merece aquela mulher; demônio, porque a maldita jura e afiança que te há de fazer todo o mal possível. Demônio, porque a sua cólera e o seu despeito não se saciam com o simples fato da tua prisão e querem a tua morte.

Tu, porém, não hás de morrer enquanto eu existir no mundo. Sou teu amigo, prometo defender-te e será mais fácil reduzirem-me a postas do que levarem a efeito os seus diabólicos projetos.

*Logo que te soltem, o que espero sucederá amanhã ou depois, corre à Rua da Misericórdia nº * * *, sobe ao segundo andar dessa casa, bate três vezes na porta que hás de encontrar no topo da escada e, quando te aparecer um sujeito calvo, de barbas loiras, dize-lhe apenas. "Ué, ué, catu." Esse sujeito te responderá. 'To be at the threshold of the door[14]." E levar-te-á imediatamente a um quarto, onde poderás esconder a tua amante e onde encontrarás tudo de que precisares durante um mês, sem sair de casa.*

Se não nos virmos antes de te encerrares aí e, se porventura der-te na veneta sair à rua, não tenhas o menor escrúpulo em confiar Margarida ao sujeito das barbas loiras, e, quando voltares à casa, repete a frase que te ensinei para a primeira vez.

Aqui terminava a carta, isto é: até aqui chegava o que dela se podia ler, porque o resto tinha sido intencionalmente obliterado com qualquer substância corrosiva.

Quando terminei a leitura, volvi os olhos para o quarto. João Alberto continuava a dormir a sono solto. Consultei o relógio, eram quatro horas da tarde, guardei no bolso alguns dos objetos encontrados nas algibeiras do Malta, outros escondi nas gavetas da minha secretária, pus o chapéu na cabeça e saí, deixando a porta cuidadosamente fechada por fora.

Na rua principiei a notar que me doía o estômago; era falta de alimentação; desde a véspera que eu nada havia comido.

Entrei num restaurante, pedi um jantar e deliberei metodizar os meus raciocínios, enquanto mo servissem.

---

14 Traduzido do inglês: "Estar no limiar da porta".

Achava-me ainda entre a sopa e o segundo prato, quando ouvi por detrás de mim a voz de minha sogra, que conversava com alguém.

Ela não dera comigo e, graças a um aparador que havia entre as nossas mesas, podia eu escutá-la à vontade, sem ser descoberto.

— Pois é como lhe digo — rosnava minha sogra. — Pois é como lhe digo. Meu compadre Quintino afiançou-me que isto não ficará no pé em que se acha! Ele já anda tratando da questão e, ou eu muito me engano ou a coisa dará pano para mangas! Pois onde já se viu semelhante embrulhada? Agora, só o que eu desejo é ver minha filha para lhe perguntar o que foi feito do homem com quem ela fugiu do lorpa[15] do marido, porque, segundo me consta, esse homem também desapareceu, assim sem mais nem menos!

— Também desapareceu?

— Pois não! Desapareceu no mesmo dia em que foi solto.

— E ninguém dá notícias dele?

— Ninguém. Uns entendem que ele fugiu, outros que foi assassinado por meu genro; eu, porém, não aceito nenhuma dessas explicações; a primeira porque João Alves não fugiria sem me participar; e a segunda porque conheço o gênio do marido de minha filha e sei que ele é incapaz de matar quem quer que seja.

— A senhora se dava com ele?

— Com quem? Com o João Alves?

— Sim.

— Dava-me. Conheço-o da casa da Jeannite, de quem fui engomadeira durante dois anos.

— Essa Jeannite não é aquela do Dr. Campello?

— É.

— E que foi feito dela?

— Sei cá! Dizem que está ainda metida com o homem em Paquetá.

Nisto o diálogo foi interrompido por um terceiro personagem, e minha sogra passou a boquejar sobre novos assuntos. Eu, que já tinha completado o jantar, saí do hotel e tratei de seguir a indicação da carta.

Tomei para a Rua da Misericórdia e, durante toda a viagem, ia repetindo mentalmente a frase simbólica: "Ué, ué, catu!"

15 Tolo.

Quanto mais me aproximava do misterioso ponto indicado pelo singular protetor de Castro Malta, mais acelerado me batia o coração.

Que me esperaria ainda? Que terríveis surpresas me aguardariam naquela casa, a cuja porta tinha eu de bater três pancadas, como se batesse à porta de um templo maçônico?

Fiz-me forte e resolvi submeter-me ao que desse e viesse.

Afinal cheguei ao ponto.

Era um sobrado alto, já velho, de dois andares.

Atravessei a porta da rua, subi o primeiro lance de escadas, olhando para todos os lados. Não encontrei sinal de vida; aquilo parecia uma casa habitada por espectros; um silêncio de igreja deserta enchia os corredores; meus passos ecoavam ali, como se eu caminhasse dentro de uma catacumba e à proporção que me adiantava e subia, mais e

mais avultavam as sombras e o silêncio.

Era quase noite quando cheguei finalmente à porta indicada pelo misterioso confidente de Malta.

Bati a primeira e a segunda vez; à terceira abriu-se a porta e vi defronte de mim um homem enorme, todo calvo e de longas barbas ruivas.

"É agora!", pensei num arrepio.

E levei instintivamente a mão ao peito.

CAPÍTULO 12

— Ué, ué, catu! — gritei ao homem das barbas loiras.

Ele gorgolejou imediatamente alguma coisa, que tanto podia ser a frase inglesa apontada pela carta do Malta, como podia ser um simples espirro.

Em seguida virou-me as costas e pôs-se a andar para o interior da casa.

Acompanhei-o.

Acompanhei-o, não sem o meu bocadinho de sobressalto, porque a cara do tal sujeito não era das que mais inspiram confiança.

Antes, pelo contrário, na impassibilidade córnea do seu rosto havia alguma cousa de funambulesco[16] e uma expressão dura de velha ironia cozida em genebra[17] e calda de tabaco.

"Quem diabo seria aquele homem?", ia eu a pensar. "Quem diabo seria aquele silencioso monstro de seis pés de altura, que me surgia defronte dos olhos, como se eu estivesse num sonho?..."

E as mais estranhas considerações principiaram a dançar em volta de meu cérebro.

Afigurava-se-me que o sujeito era nada menos do que um gato, encantado, vivendo dos ratos que apanhasse naqueles quartos desertos, e, à noite, miando a sua tristeza pelos telhados da vizinhança.

Sim, que ele tinha olhos de gato. Bem o notei ao fitá-los.

Olhos verdes, redondos, com a pupila muito sensível e transformável à mais sutil alteração da luz.

À proporção que eu o contemplava pelas costas, mais me ia penetrando de tão extravagante convicção. Afinal já não era um

16 Extravagante, excêntrico.
17 Aguardente de cereais.

gato o que eu supunha ver, mas sim um tigre, um verdadeiro tigre disfarçado em homem.

Tanto assim que na ocasião em que ele se voltou para me dizer "É aqui", recuei dois passos e estive a perder os sentidos.

Então o monstro pôs-se a rir.

— Pois ele ri? — interroguei, mais pasmado do que se o visse trepar de gatinhas pela parede. — Ele ri? O monstro!...

Este, como se adivinhasse o meu espanto, adiantou-se para mim e ferrou-me os seus dois olhos de onça.

— Ah! — gemi, sentindo faltarem-me as pernas. — Estou aqui, estou nas garras do bicho!

Mas o meu estado de ansiedade durou apenas alguns segundos, porque o sujeito, estendendo uma das mãos, segredou-me lamuriosamente:

— Deixe ver uns níqueis!

— Pois não! — respondi, correndo os dedos ao bolso. — Dou-lhe até coisa melhor. Mas, antes disso, preciso que o senhor me forneça algumas explicações.

— Explicações de quê?

— Em primeiro lugar, diga-me: onde estou eu?

— Aqui.

— Isso já sei, mas pergunto que casa é esta.

— É uma hospedaria.

— Hein?

— Hospedaria, sim senhor.

— E sem hóspedes?

— Os hóspedes dormem fora.

— E passam o dia aqui?

— Também não senhor.

— Ah! Compreendo... Vêm só para comer... É casa de pasto.

— Não! Não há comida.

— Pior!

— Pois o senhor não compreende?...

— Não; e peço-lhe que me dê a explicação.

O tipo olhou duas ou três vezes em torno de si e chegando a boca ao meu ouvido, soprou a seguinte frase:

— Isto é uma casa de jogo...

— Ah! Já devia ter adivinhado... E como se chama esta espelunca?...

— Hospedaria do Gato.

— Do Gato, hein? Bem me adivinhava o coração... E a que horas principia a jogatina?

— À meia-noite em ponto.

— E todos os jogadores dizem ao entrar a mesma frase que eu disse?

— Alguns; outros miam apenas. São os fregueses antigos.

— Bom! — respondi eu, entregando-lhe uma nota de dois mil réis. — Aí tem pelo que já falou, e ganhará outro tanto se me der as informações de que ainda preciso.

— Vamos lá, mas espero que o senhor não nos comprometa. Bem sabe que estas casas...

— Descanse, as informações de que preciso só aproveitam a mim próprio; trata-se de interesses particulares.

— Então, estou às suas ordens.

— Por que razão me levou o senhor para aquela porta?

— Porque ali é a entrada para as salas de jogo.

— E onde está uma mulher que há dias foi confiada à sua guarda?

— Qual delas?

— Pois quê! O senhor tem muitas aqui?

— Tenho dez.

— Dez mulheres! Virgem Santíssima!

— E o senhor não poderá falar a nenhuma delas sem dar primeiro o sinal competente...

— O sinal?

— Sim, nós aqui chamamos sinal às palavras convencionadas entre duas ou mais pessoas para se encontrarem cá dentro em lugar seguro.

— Mas se eu lhe dissesse como é pouco mais ou menos a que eu procuro, o senhor não poderia?...

— Impossível! Nem mesmo se eu quisesse... não as conheço... Elas chegam em geral cobertas com um grande véu, e às vezes trazem máscara...

— E nunca dão o nome?

— Nunca.

— E os homens que as acompanham?

— Esses, esses têm todos uma alcunha, que só pode ser compreendida por mim, ou por meu patrão ou por algum velho frequentador da casa.

— Diga algumas dessas alcunhas.

— Para quê? Isso não lhe serviria de nada. Imagine os nomes mais vulgares e os títulos mais comuns, junte-os e terá uma lista completa dos cinco mil homens que frequentam esta casa.

— Cinco mil?

— Quando menos.

— E todos eles aparecem juntos?

— Não. São até bem poucos os fregueses de toda a noite. Muitos apresentam-se uma vez por semana; outros, duas; outros, três; outros vêm por fruta[18]. Às vezes a casa se enche; outras não. Depende muito do dia.

— E quais são os dias em que há mais gente?

— Nas vésperas de festa, principalmente. E, quando não há festa, nos sábados e domingos.

— Paga-se entrada?

— Não, paga-se apenas o barato.

Nisto, fomos interrompidos por uma campainha elétrica.

— É uma das tais sujeitas que me está chamando... — explicou o homem. — Com sua licença...

— Vá, mas volte.

— Decerto. Venho já.

"Muito bem!....", disse eu comigo, assim que me vi sozinho. "Aqui está onde veio parar minha mulher, se não mente aquela maldita carta."

18 De vez em quando.

Instintivamente levei a mão ao bolso e saquei a denunciadora folha de papel que me conduzira até ali.

A tal frase misteriosa, de que me falara o tipo de barbas loiras, devia estar na parte da carta corroída pelo ácido.

— "E não poder eu adivinhar o que está escrito debaixo desta mancha amarela!...", pensei.

"Daria uma perna ao diabo para poder saber o que aqui está!..."

Cheguei-me mais para junto de uma janela que havia a quatro passos e, levando o papel à altura dos olhos, soltei um grito de prazer.

É que, pondo-se a carta contra a luz, podia-se distinguir o que estava escrito debaixo da mancha do ácido.

Foi com grande dificuldade que li o seguinte no meio de outras coisas:

"*Quando o homem das barbas loiras te perguntar a quem desejas falar, responde-lhe unicamente...*

Nesta ocasião, porém, o maldito cara de gato bateu-me uma palmada nas costas, e eu, com o susto que tive, deixei cair a carta pela janela.

— Maldição! — exclamei.

E, debruçando-me sobre o peitoril, olhei para baixo.

A janela dava para um cortiço e a preciosa carta caíra dentro de uma tina cheia d'água.

CAPÍTULO 13

Como principiava a fechar-se a noite, não perdi tempo, disse ao cara de gato que me esperasse um instante e lancei-me de carreira para o andar de baixo.

Entrava-se no grande cortiço por um largo portão quadrado, em cuja parte superior havia uma lanterna enegrecida de fumo e coberta de pó.

À direita e à esquerda um correr de casinhas conduzia a um coradouro, cheio de gamelas e jiraus de madeira, sobre os quais viam-se algumas peças de roupa, estendidas ou enrodilhadas.

Uma mulher de enormes ancas, a saia apanhada nos rins, a cabeça em um lenço de alcobaça, os pés à vontade em um grande par de tamancos, os braços arremangados até as axilas, retirava de uma corda, suspensa em toda a extensão da estalagem, a roupa que levara a secar durante o dia.

À proporção que ela ia recolhendo a roupa, lançava-a num vasto cesto de vime, que tinha ao seu lado.

— Ó boa mulherzinha — disse-lhe eu —, vossemecê dá-me licença que eu tire ali daquela tina um papel que me caiu lá de cima?

— Pois não, senhor meu genro! — respondeu ela, voltando-se para mim.

— Minha sogra!...

— Em carne e osso!

— A senhora num cortiço?...

— É verdade! E que há nisso de extraordinário? Antes lavar que pedir!

— Sim, mas podia lavar na sua própria casa, como fazia dantes, e não vir meter-se aqui, numa estalagem, num lugar onde se reúne o que há de pior no Rio de Janeiro.

— Ora! Deixe-se de bazófias[19]! Faltou-me água em casa e não convinha perder a freguesia. Assim, disse eu comigo: “Pago um cruzado por dia à Mariquinhas Pepé e lavo na estalagem dela a minha roupa.”

— E desde quando está lavando aqui?

— Há poucos dias; desde que falei pela primeira vez ao Compadre Quintino. Mas você não disse que vinha buscar um papel que lhe caiu das mãos? É bom ir buscá-lo antes que ele se extravie.

— Tem razão — disse eu, indo buscar a carta.

E, ao voltar para junto de minha sogra, perguntei-lhe:

— Sabe o que me trouxe a esta casa?

— Diga.

— Vim à procura de minha mulher.

— De minha filha?

— É verdade.

— E encontrou-a?

— Ainda não sei, esta carta é que vai decidir.

— Pois não volte lá, que perde o seu tempo.

— Como? Explique-se.

— Já lhe disse o que tinha a dizer. Não vá, que perde o seu tempo. Se quiser encontrar Margarida, espere um pouco por mim. Deixe-me recolher esta roupa e podemos ir juntos.

— Ao lugar onde ela está?

— Sim senhor. Eu me comprometo a restituí-la. E, olhe, o que lhe afianço é que ela vai para as suas mãos tão pura ou mais do que quando fugiu de casa.

— Calculo!

— Calculo, não, coitadinha! Que ela não cometeu a menor falta; apenas foi vítima de uma trapalhada, da qual o senhor é o único culpado.

— Homessa agora é melhor! Pois ainda em cima sou eu que levo a culpa?

— Com certeza, mas deixe-me acabar com isto, que já lhe dou trela.

19 Presunção, vaidade.

Daí a meia hora saía eu da estalagem com minha sogra, que acabava de se preparar para isso.

Ela chamou um carregador de sua confiança, ordenou-lhe que levasse o cesto de roupa para o Campo de Sant'Ana, e, atirando um xale sobre os ombros, segredou-me ao ouvido:

— Antes de tudo, vamos procurar meu compadre.

— Onde o vamos procurar?

— Na Rua do Ouvidor.

— Na redação d'O Paiz?

— Ai, ai!

A ideia de entrar na redação d'O Paiz ao lado de minha sogra pareceu-me a mais ridícula do mundo, mas não havia que hesitar: a mulher prometera restituir-me a filha e isto era todo o meu empenho.

Ao chegarmos ao escritório da folha, ia perguntar a um moço loiro, que estava ao balcão, se era possível falar ao Sr. Quintino, quando minha sogra me puxou pelo braço e exclamou:

— Não esteja a perder tempo! Quando se quer falar com alguém, vai-se logo subindo!

E, antes que eu a detivesse, já o demônio da velha galgava as escadas e, com um desembaraço dos diabos, levantava pouco depois o reposteiro da sala privada da redação, gritando para dentro:

— O compadre dá licença?

— Entre — respondeu o redator-em-chefe da folha.

Ela não esperou segunda ordem e ganhou a sala, exclamando para mim, que ia atrás:

— Entre você também, meu genro!

A estas palavras o redator espichou levemente a cabeça e mediu-me com o seu olhar penetrante e desconfiado.

— Que deseja a senhora? — perguntou ele.

— Venho para saber que há de novo sobre o homem.

— Se a senhora tivesse lido O Paiz, saberia que se vai proceder amanhã à exumação do cadáver no Cemitério de São Francisco Xavier.

— De que cadáver? — perguntei empalidecendo.

— Do suposto Castro Malta.

— Pois é tempo perdido — disse eu —, porque ele lá não está.

— Disso já sei eu! — acrescentou o Sr. Quintino —, mas quero levar a questão avante.

— O Castro Malta está em minha casa. Posso apresentá-lo quando V.Sª. quiser.

— O senhor está louco?

— Digo a verdade. Se V.Sª. quiser a prova, eu o trarei amanhã aqui.

— Não. Quero que traga hoje mesmo — respondeu o redator, correndo a sua mão pálida por um pesa-papéis que estava sobre a mesa e representava uma luva amarrotada.

— Mas hoje mesmo não é possível — retorqui. — Daqui tenho de ir com minha sogra a...

— Não! — atalhou esta. — Não! Se você diz que o Castro está em sua casa, vamos lá em primeiro lugar. Quero vê-lo!

— Mas, esse Castro — perguntou o Sr. Quintino a Dona Leonarda —, esse Castro não é o mesmo que a senhora me afiançou haver morrido na Casa de Misericórdia?

— É, ou pelo menos deve ser.

— Mas então como está vivo?

— Ora essa! Porque não morreu!

Tive ímpetos de confessar ao redator tudo que sabia a respeito do fato do Cemitério; mas por esse tempo a questão Castro Malta havia já tomado tais proporções entre o público que eu, receoso de futuros incômodos, resolvi não dar uma palavra, arrependido até de haver feito a declaração que me escapara dos lábios.

— Bem! — disse o Sr. Quintino. — Amanhã. Espero-os aqui às 11 horas do dia. Não faltem.

— E se o homem não quiser acompanhar-me? — perguntei.

— Nesse caso irei eu ao encontro dele. Olhe! É até melhor que eu vá justamente. Deixe-me o número de sua casa e espere amanhã por mim às nove horas.

— Da manhã?

— Sim, senhor.

Fizemos as nossas despedidas ao Sr. Quintino e, já na Rua do Ouvidor, quis convencer a minha sogra de que devíamos ir primeiro ao encontro de Margarida, mas a velha não cedeu e puxou-me para os lados de minha casa.

“Em que diabo de trapalhada me meti!....”, pensava eu pelo caminho. “Afinal a questão caiu já no domínio público; de dia para dia ela toma um caráter mais sério, e não quero pensar em quais serão para mim as consequências de tudo isto!... Ah! Margarida, Margarida, mal sabes tu o martírio que me tens feito passar!...”

Só às nove da noite chegamos à casa.

Minha sogra arfava de impaciência ao meu lado, enquanto eu abria a porta.

— Quem é? — perguntou uma voz de dentro.

— Ai! O meu rico homem! — exclamou a velha, levando aos olhos uma das pontas do xale.

E, apesar da escuridão, enfiou de carreira pelo corredor.

CAPÍTULO 14

Tive de assistir a uma cena de ternura: Dona Leonarda, mal avistou meu hóspede, abriu em três pulos uma carreira que foi acabar nos braços dele.

Apertou-o, beijou-lhe os lábios, chorou-lhe sobre o peito a sua velha e crônica saudade.

Castro Malta deixava-se amimar, sem uma palavra de oposição ou de ternura.

— Tu me amas? — perguntou-lhe ela com a voz sumida e estrangulada de comoção. — Tu me amas, Castro?

— Pois não! — respondia ele, já impaciente.

E, voltando-se para mim, enquanto a velha o estreitava nos braços:

— Eis a vida, meu amigo! Eis a vida! Pense e reflita sobre este caso e diga-me depois a razão por que sou tão estremecido por esta mulher.

— Castro! — repreendeu a velha, abaixando os olhos, muito séria.

— Mas se é assim... — ia continuar o ressuscitado, quando eu, vendo que a cena ameaçava prolongar-se por muito tempo, resolvi cortá-la, dizendo ao amoroso casal que estava defronte dos meus olhos:

— Bem, jovens pombos apaixonados, agora que já se abraçaram à vontade, agora que, segundo julgo, já não há restos de saudade viva dentro de nenhum de vocês dois, vamos tratar do que a todos nos interessa.

— A mim nada interessa mais do que isto! — afirmou minha sogra.

— E a mim nada interessa absolutamente! — acrescentou o Castro, deixando-se cair em uma cadeira. — Dou-lhes a minha palavra de honra em como estou caindo de fome. Juro que um pedaço de carne assada não me faria agora mal de espécie alguma, mas...

— Mas... — ajudei eu, verdadeiramente intrigado.

— Mas o quê, Sr. Castro?

— Mas... É verdade! Mas o quê?... Para lhes falar com franqueza, já não me lembro do que dizia...

— Lembro-me eu — observei, reunindo na memória os fragmentos esparsos da conversa. — Lembro-me eu... O senhor dizia que...

— Nada! Não! — atalhou Castro. — Não me lembre nada! Deixemo-nos disso! Para que diabo havemos de lembrarmo-nos de coisas que não nos interessam, isto é, que não interessam ao senhor, porque a mim nada, absolutamente nada, me interessa!...

— Isso já o senhor repetiu mais de vinte vezes!

O maluco ia dar-me réplica, mas teve de sustê-la com a chegada de alguém, que acabava de entrar.

Todos nós três voltamo-nos para o novo personagem.

Era o Sr. Quintino, compadre de minha sogra.

— Ah! É o senhor, compadrinho? — gritou esta. — Que boa surpresa!

— É verdade — respondeu o redator d'O Paiz, dirigindo-se mais ao gesto de curiosidade que eu fazia do que mesmo às palavras de Dona Leonarda. — É verdade! Sou eu, que, descobrindo o grande equívoco em que navegam os senhores todos, apressei-me a vir desvendá-lo!

— Como?! — pinchou a velha. — Como, seu compadre?

— Quer dizer — continuou o famoso jornalista. — Quer dizer que a senhora e este senhor seu genro, se me não engano, têm sido vítimas de uma enorme trapalhada.

— Não compreendo! — afiancei.

— Nem eu! — reforçou a velha.

— Explicar-me-ei! — tornou o Sr. Quintino. — Explicar-me-ei!

— Pois então veja se anda com isso! — disse Dona Leonarda, dominada por grande aflição. — Veja se anda com isso, porque dou-lhe a minha palavra de honra que já estou farta de toda esta porcariada de Castros Mattas e Maltas, e já não me sinto disposta a aturar mais semelhante mexericada! Arre! Arre! Que até fede! Até fede esta questão!

— Bom! Bom! — cortou o jornalista. — Não vale a pena arreliar-se por tão pouco, minha senhora. A minha visita a esta casa não teve por fim dar incômodos, mas pura e simplesmente esclarecer o engano que havia.

— Pois esclareça por uma vez! — bradou a velha.

— O Castro Malta de que fala a senhora — explicou Quintino —, assim como o Castro de que fala o senhor seu genro, nada têm de comum com o Castro Malta de que fala o jornal de que sou redator-em-chefe!

— Como assim?

— Quer dizer que nenhum desses dois Castros é o meu, nenhum desses é aquele que O Paiz procurou descobrir! Pelos documentos que me acaba de fornecer a Santa Casa de Misericórdia e pelos dados obtidos pelo senhor promotor público, sabe-se que o Castro Malta, recrutado, o Castro Malta recolhido ao hospital, o Castro Malta falecido, enterrado e não encontrado no cemitério, nada tem de comum com as pessoas de que me falaram vossemecês!

— Ora essa! — resmungou minha sogra. — Ora essa! Mas em todo caso, não tenho outro remédio senão acreditar nas suas palavras, porque o Castro de que me fala o Sr. Quintino é um Castro morto, ao passo que o Castro de que eu falava, o meu rico Malta, está mais vivo do que um azougue!

— Bem! — retorqui. — Mas tudo isso não me esclarece no ponto em que eu desejo ser esclarecido! Para mim, tanto se me dá que o Castro Malta fosse assassinado na Polícia, como se morresse tranquilamente sobre sua cama, ao lado de sua mulher e de seus filhos; o que me interessa, o que me preocupa, é descobrir quem é e onde paira o Castro Malta que seduziu minha mulher.

— Por esse respondo eu! — atalhou a velha.

— Então responda! — disse, avançando sobre ela.

— Ei-lo! - exclamou a velha apontando para o meu hóspede que dormia já a sono solto estirado na cadeira.

— Este?! — perguntei pasmo. — Não! É impossível! Não creio.

— Pois então, ouça e verá!

CAPÍTULO 15

A velha endireitou os óculos, fungou três vezes, repuxou as saias nos rins e disse, apontando para o ressuscitado:

— Eis o autor da questão!

— Este? — bradei, espantado. — É impossível!

— Vai ver — replicou a velha —, vai ver!

— Não creio — repliquei. — É impossível, repito!

— Impossível o quê? — perguntou-me o acusado.

— Impossível que seja o senhor o autor da grande intriga que se tem feito a respeito de Castro Malta, de mim e de todas as pessoas que se interessam nesta questão.

— Que questão? — perguntou-me o Castro.

— Ora! Que diabo de questão pode ser? A questão Castro Malta.

— Castro Malta?

— Pois o senhor não conhece a questão de que lhe falo?

— Eu não conheço senão o que me ensinou o Precioso, o meu mestre.

— Visto isso — acrescentei —, o senhor não está a par da grande questão que nos trouxe aqui!

— Juro-lhe que não.

— Não sabe do que se trata?

— Não!

— Nunca escreveu cartas à minha mulher?

— Nem a sua, nem a mulher alguma!

— Então — exclamei, voltando-me para Dona Leonarda —, então como afiançou a senhora que este homem era o autor de toda aquela trapalhada?

— Por uma razão muito simples, porque tenho as provas de que ele é o único autor da história.

— Apresente-as.

— Não é preciso — atalhou Quintino —, eu explico tudo.

— Este senhor — acrescentou, voltando-se para mim. — Este senhor não é mais que um simples romancista.

— Como? — disse eu.

— Sim, não é mais do que um simples romancista. A intenção dele era somente fazer um romance, um romance para A Semana e, na falta de melhor assunto, agarrou o meu!

— O seu?

— Sim, o meu, a minha questão, o meu Castro Malta.

— Como é lá isso? — perguntei.

— Pois não — respondeu-me Quintino. — Pois não! O senhor entendeu fazer um romance de uma questão séria, que levantei pel'O Paiz e começou a escrever cartas disparatadas e tolas para A Semana.

— Eu? — interroguei.

— Sim, sim, o senhor! — bradou o chefe da redação d'O Paiz agarrando-me pelo braço. - O senhor! Que sem o menor escrúpulo quis fazer de um assunto sério um pretexto para novelas de mau gosto!

— Repare que me ofende!

— Qual ofende, nem meio ofende! O senhor já ouviu muito pior do Jornal do Commercio e nem por isso deu o cavaco.

— Sim, mas isso é outro caso! O Jornal não é responsável por coisa alguma. Ele não sabe o que faz, coitado!

— Em todo caso, voltando à questão, posso afirmar que o senhor não passa de um especulador que se apoderou de uma questão que lhe não pertence. O senhor nunca foi casado; nunca teve o emprego público de que falou na sua carta; nunca teve relações com a tal Jeannite de que por várias vezes tratou, e muito menos teve relações com empregados da Santa Casa de Misericórdia.

— O senhor está me ofendendo!

— Ora qual, meu amigo, um romancista nunca se pode dar por ofendido com estas coisas; um romancista é um grande mentiroso, que vive a empulhar o público com as suas patranhas[20]. Hoje afirma que o diabo é cor do céu e amanhã jura que Deus é cor de fogo!

— Eu nunca fiz em minha vida afirmações dessa ordem!

— Se não fez dessa ordem, fez piores. Leia as suas próprias obras, estude-as com atenção; verá que não é mentira o que digo.

E o Sr. Quintino, voltando-se para minha sogra, acrescentou:

— Creia, minha senhora, que falo a verdade. Este homem que está ao seu lado é um intrigante, é um enredador, é finalmente um romancista!

— Eu?!

— Sim! Sim, o senhor, e escusa negar. Perguntem à Folha Nova, perguntem à Gazeta de Notícias, perguntem à Gazetinha, à Gazeta da Tarde, perguntem ao próprio Jornal do Commercio, e todos esses órgãos afirmarão o que avancei.

— Estou desmoralizado! — exclamei, procurando uma saída.

Mas, à porta de entrada se haviam reunido vários repórteres e homens de letras que me tolheram a passagem.

Todos riam, e eu sentia já o suor correr-me pela fronte e entranhar-se pelos mistérios do colarinho.

Afinal, vendo que assomavam à porta o Valentim, o Filinto de Almeida, o Alfredo de Souza, o Luiz Murat, o Urbano Duarte, o Arthur Azevedo, o Alberto de Oliveira, o Raimundo Corrêa, o Dermeval da Fonseca e muitos outros rapazes conhecidos, não tive remédio senão confessar tudo e abaixar a cabeça, resignado ao que desse e viesse.

— Então! — volveu para mim o Sr. Quintino. — Creio que defronte desta gente não terá o senhor a mesma petulância de querer fazer acreditar que escreveu de boa fé tais cartas para A Semana. Vamos, explique-se, senhor romancista!

— Bem! — respondi, fazendo-me pálido e puxando para trás os meus cabelos. — Bem! Vou falar com franqueza. Ouçam-me com toda a atenção.

O auditório armou um grande ar de concentração; cada uma das pessoas presentes concheou a mão na orelha e inclinou-se para o meu lado.

Senti-me intimidado. Bati na testa, revirei os olhos e disse:

20 História mentirosa.

— Meus senhores, querem encontrar a explicação de toda essa história? Querem? Pois leiam um romance que vai aparecer no rodapé d'O Paiz.

— E como se há de chamar esse romance? — perguntou-me o Sr. Quintino.

— Ora faça-se de novas! — respondi eu. — O senhor bem sabe qual é o título do romance que vou publicar no seu jornal.

E, dizendo isto, dei por acabado este livro, que não é um romance, nem um tratado científico, nem um catecismo, nem um panfleto político, nem um dicionário, nem tampouco um livro de memórias; mas simplesmente — um prêmio para os assinantes d'A Semana.